文芸評論

言葉 物語 小説

デュシャンを曲がり損ねた現代アート

モンドリアンと枯山水

美術評論

風詠社

評論集

目次

十時孝好氏のアトリエにて

言葉　物語　小説

ベケット、ブランショ、ロヴェッツリから古井由吉へ半世紀も前になるが、わたしの大学時代、寺山修司の特別授業を受けたことがあった。彼はあの独特の訛りでこのように話し出した。「ドイツの詩人であるエンツェンスベルガーがね、いったのよ。地上の言葉のほとんどは使い古され、手垢にまみれている、愛も、恋も、空も、海も、みんな手垢にまみれ擦り切れてしまっている」。そして、最後に「新鮮なものは言葉の組み合わせだけなんだ。文学を志すものは、新しい言葉の組み合わせを探すしかないのよ」。あの少し上擦った声は、いままでもわたしの中で響いている。

◆物語とは何か？

小説と物語は、どのように違うのか。この問いは、古今の小説家が問い続けてきた課題であり、その相違点を明確に示すことは、小説とは何か、物語とは何か、ひいては文学とは何かを解き明かすことに直結すると考える。

例えば、大江健三郎と古井由吉の対談「文学の淵を渡る」において、大江健三郎は「宇治拾遺物語から今昔物語へ、さらに何か得体の知れない物語以前へと考えてゆくと、現代文学の問題はよくわかるだろうと思いました。（中略）小説を書いて三十年経って思うことは、（中略）使ってきた大量の言葉を洗い流して、基本的な枠組みだけを残して、これが私です、今までの仕事は全部このための準備でしたといえればいい。小説家はそれを夢見て生きているのだと思います」と述べている。

まずは、大江のいう物語以前なるもの、基本的な枠組み、すなわち物語が物語として成立する起立点、物語が生まれるその瀬戸際を考えてみようと思う。ここで述べる物語とは、物語以前なるものも含め、起承転結のある所謂物語（ストーリー）よりも、もっと断片的なものをも含めることになる。例えば、母と見た夕景、運動会での失敗など、些細な、でも忘れがたい記憶をも物語と呼ぶことにする。所謂物語をつくるための物語をも物語としたい。

同じ対談「文学の淵を渡る」において、古井由吉はムージルの小説「特性のない男」から引用して、「青空がいきなり広がり、その光を受けて、道の真ん中で一頭の牝牛が輝いた。これだけで何事かにならなくては物語ではない」ともいっている。ここでいう光を浴びた牝牛が、物語のための物語、物語の起立点になるのだろう。同様にヘミングウェイ作とされる六文字小説「売ります、赤ちゃんの靴、未使用。For sale: baby shoes, never worn」もこれに近い。

最初に、物語を論じるにあたり、物語の成立条件として、記憶された言葉であること、それが時空を表現していること、語りかける他者を想定していること、そして私＝自己という肉体的納得が不可欠であること、以上の条件を充しているべきといっておく。その各々について、以下に順次説き明かそうと思う。

私＝自己なる存在は無数の物語の集積であり、小説を書くとは、自己という物語の集積の中に、一つの物語の糸口を見つけ、引き出して紡いでいく作業だとも考えている。私＝自己とは、記憶された多様な物語で成り立っている。経験・体験という記憶をはじめ、無意識の記憶、こうなればという可能性の記憶や、こうしていたらという仮定の記憶、情報としての記憶はもちろん、小説や映画で得たストーリーの記憶等々を含め、その人の記憶として蓄積された物語たちが、その人の自己をつくりあげていくのだ。物語一つ一つ、その記憶の重さ深さはそれぞれに違うし、人間の細胞のように記憶はつねに更新されている。表層の軽く浅い記憶は、時間の摩擦によって擦り切れ消えていくだろう。大半の記憶は時系列に沿って蓄積されるものだから、幼い時期の記憶、深い層の記憶ほど自己形成に影響する。精神分析とは、そんな物語の隠れた糸口を見つけ、読み解く作業のことをいうのだ。箱庭診断やロールシャッハテストとは、まさにその物語を引き出すための手段でしかない。

精神科医の木村敏が著した『異常の構造』を読むと、様々なストレスや偏向によって、自己を形成する物語同士の関係づけが崩壊したり混乱したりする結果、精神分裂病が発症することがよく理解できる。実際の経験としての現実と記憶としての虚構が区別できなくなったり、強烈な願望や羨望、恐怖などが生み出した物語が現実の記憶を犯してしまう様子が記載されている。嘘もつき続けると本当になってしまう。たとえば記憶が欠けたり喪失されても精神病には陥らないのではないか。物語の混乱こそ自己なる存在を危うくする。精神分裂病とは蓄積された物語相互の関係性の分裂でもあるのだ。

分裂病における自己の自己性の危機は、（中略）端的には他者による自己の主体性の奪として、自己の他有化の体験として現われてくる。（中略）自己と他者のあいだで主客の区別が失われ、自己の行動が他者主体の意志によって遂行されたり、自己の心の内部がまるまる周囲につつぬけになって他者に察知されたりするという形をとって体験される。自己の主体性と固有性が確保されているはずの内面世界が、かえって他者の主体性と自己の非固有性の成立する場となってしまう。

※木村敏『自己・あいだ・時間——現象学的精神病理学』ちくま学芸文庫

自己の他有化とは、本来は自分に蓄積された物語が他者のように振る舞うということだろう。自己を形成している物語群が、自己と他者に振り分けられてしまうことをいっている。例えば、自己を客観視する際に、自己の二重化が起こり、客観される対象のほうを自己であるかのように思い込んでしまうことのように。これは、表現者にはつきものの感覚だといって良い。以前、自分の体を他人に乗っ取られたと訴える人物の症例を読んだことがある。お祓いによってその他人がやっと脱け出してくれたらしいが、それは分裂症の症例で間違いはないと思う。自分の物語がふと他者のそれに思えてくる、そのような体験は誰にでもあるのではないか。とくに映像や音声の記録媒体を通しての「私」を、自分ではないように思えてしまう。そこに映し出された自分の動作や表情、とくに声に違和感を覚えることは多々ある。日常において、わたしたちは分裂症と背中合わせに生活しているといっても過言ではない。

記憶することとは、忘却することでもある。忘却とは無意識の識別であり選択である。物語るに必要としないものは切り捨てられる。忘却という整理作用がなくしては、物語は成立しない。物語化するにあたって、幾つもの選択、幾つもの忘却が不可欠であることも、付け加えておきたい。かつてメルロ＝ポンティが生の条件として投企と選択をあげたように、物語るという投企、忘却という選択は、生きるうえに欠かせない。わたしたちは記憶すること、つまりは物語ることによって、時間なる持続を獲得し、過去を確認したり、未来を予想したりすることが可能となる。

私なる姿、自己なる様態は、記憶された物語の在り方、記憶された物語相互の関係性によって終始変化する。そんな変化の揺らぎや移行を、感情、情態と呼ぶのかもしれない。ともかく、作家はその中から、自己に深く纏わり付いた物語の糸口を見つけ出し、解しながらそっと引っ張り出して、小説という一枚の織物とすべく紡いでいくのだ。その糸口・織目が大江のいう基本的な枠組みであり、プルーストにとっての糸口は、あのマドレーヌの記憶だ。

いい添えると、読書とは、書かれた物語と読者の物語の共感のことを指す。その作家の物語が自己に対してより根源的であればあるほど、読書はより深い共感をつくり出すことになるだろう。

読書や映画などを通しての、物語への感動は物語の基板をつくる。その基板は、ものの見方、考え方、対処の仕方などの多様性を示唆する。自分の物語としての組み立て方法を教えてもくれる。新たな物語は新たな自己へと拡張していく。だから、わたしたちは物語を欲する。

物語は理屈ではない。あるはずのないことさえも受け止め、理屈に合わないこと、道理にそわないことをも了解できるのが物語である。物語がなければ、誰もこの理不尽な現実を許容することはできない。不公平であり、予測できない自分の人生を納得して生き続けることはできないだろう。大学教授が名を捨て、家族と別れても女子大生と恋する出来事があったとする。わたしたちは、その物語において、大学教授に対して様々な感情を抱きながらも、彼の物語を許容し、了解し、納得しているのだ。そのような納得の同じ基点において、桃や竹から赤子が生まれ、豆の樹が一夜にして天まで伸びることを了解している。同時に、実人生において、恋人との別れ、家族の喪失など、人がどうしても受け止めることができない出来事を、時が想い出という物語にすることで、いつしか了解できるまでに落ち着いていく。

物語は必然よりも偶然と相性が良い。それは、人生が必然よりも偶然を遥かに多く取り込んで成り立っていることに起因するからかもしれない。人は偶然の積み重ねを振り返り、物語に組み込み、それが必然だったような気持ちになる。自己を認め、主体として存在し、肯定するためには、そのような了解作業・物語化を避けては通れない。

また、このようにいっても良いかもしれない。現実の大半は偶然によって成り立っている。わたしたちは、それを物語として記憶することで、あたかも必然だったように思い込む。必然と捉え直して理解しなければ、人生はあまりに理不尽であり、不安定かつ不可解で前へ進めないからだ。

ライプニッツはすべての事象に原因結果があるという自由因果律を唱えたが、それが認められるのは、人においては記憶という場においてであり、科学においては数式や化学式の上でしかない。無意識の行為などを含め、すべての事象出来事に真の原因を特定するのは無理がある。誰もが、原因結果に紛れ込んだ偶然の、余りに多いことに目を背けているのではないか。確かに、宇宙の事象・現象などの量子レベルでは各々に原因結果があるのだろう。だが、その原因には文字通り天文学的な数字にのぼる事象が複雑に関わっているので、それを必然とは呼べず偶然として扱うしかないのではないか。わたしたちが理解できているのは、わたしたちに見えているのは、この世界の、この宇宙の、ほんの僅かであることは知っておかなければならない。

カルロ・ロヴェッリは著書『時間は存在しない』のなかで、世界はほんの僅かしかその姿を見せてくれていないと述べている。それは、この世界が「わたしたちの途方もなく愚かな脳にも処理できるように、過度に単純化した言葉でまとめられたものなのだ」という理由からだ。この世界は、わたしたちが理解できる範囲でしかなく、知れば知るほど、科学が進化すればするほど、世界は未知の部分を広げている。

この世界そのものと自分たちがそこに見ているものとのほんとうの関係は、じつはほとんどわかっていない。自分たちに見えているのがほんのわずかであることはわかっている。かろうじて、物体が発する電磁波の広範なスペクトルのなかのたった一つのちっぽけな窓を覗くぐらいで、物質の原子の構造も、空間が曲がっている様子も見えない。わたしたちは矛盾のない世界を見ているが、それは自分たちと宇宙との相互作用を基に推定したものであって、わたしたちの途方もなく愚かな脳にも処理できるように、過度に単純化した言葉でまとめられたものなのだ。わたしたちはその世界について、石や山や雲や人といった言葉を使って考える。これが、「わたしたちにとっての世界」なのだ。

※カルロ・ロヴェッリ著／冨永 星訳『時間は存在しない』NHK出版

例えば、人は日常における選択のほとんどを自分の意思による必然と信じている。しかし、その選択の大半は偶然によって左右されている。ウィトゲンシュタインが「論理外では一切が偶然的である」というように、論理で測れない感情や趣向などはすべてが偶然なのである（趣味嗜好に必然的根拠を求めることは難しい）。あなたが食後にリンゴではなく梨を選んだことは、偶然でしかない。好きだからは、原因とならないのだ。何故好きなのだと問い続けられれば、必ず行き詰まる。事故の原因、犯罪の動機などを追求しても、その要因にはその要因を生み出した幾つもの要因があるだろう。要因の要因、動機の動機を探究することは、迷路に入ることに等しい。ましてや、数式や化学式などによる論理的説明は不可能だ。つまり、梨が食べたかったから…とは、偶然としかいいようがないのだ。それよりも選択という行為に行き当たった際に、選択されなかった仮定が物語を生むことを指摘したい。誰もが人生の岐路に際して、選択しなかった道にはまったく違った風景が広がっていたと思うだろう。そんなにも重要な選択ではなくとも、日常は些細な選択の連続で成り立っている。選択・決断の都度、選択されなかった仮定が無数に生まれ続けているのだ。選ばれなかったことへの想い、そのことが無数の物語を生むことになる。選ばれなかった選択は、一つの仮定となり、一つの物語をつくり、わたしたちの無意識に入り込んでいる。このことについては、後にあらためて詳しく述べようと思う。ただ確かなことは、選ばれなかった物語を無数の鱗のように身に纏い、わたしたちは生きているのだ。時に、時間を経ると、選択した物語と選択しなかった物語の区別がつかなくなることさえあるだろう。

◆物語化された言葉が記憶となる

人の経験とは物語の蓄積に他ならず、情報・知識のそれではない。1＋1＝2を知識として理解すると1＋1＝10を間違いだとするのだが、1＋1＝2を物語として受け止めると1＋1＝10という数式も意味あることとして納得できるようになる。物語は、想像力の余地をつくる。想像力の余地とは、記憶の余地、記憶の成長域でもある。記憶はその余地で自ずと表情を整えたり増幅したりする。人は情報・知識を物語と化して初めて身につけ、思い出としたり、経験と成す。歴史年号の暗記など、数字を数字としてそのまま覚えるより、「ナラのナットーおいしいな」などと物語として記憶する方が遥かに容易いことは、そこに原因がある。記憶するとは、物語化することにほぼ近い。人は生存のために記憶することを身につけ、記憶するために、物語を創造した。記憶する能力こそ、わたしたちに感情を身につけ、認識、思考する能力を与えてくれた。何よりも、時間・空間、そして自己なる概念は記憶なくしてはあり得ない。

先にあげたムージルは「特性のない男」の序文において、現実感覚と可能感覚について言及している。現実感覚にとらわれた人間は、対象である事象や主体そのものにこだわるのだが、可能感覚を持つ人間は、対象を含めた全景を思い描くことができる。可能感覚とは記憶・想像によって成り立つ。すなわち、対象に纏わる関係、現実的な関係ばかりでなく想像的な、仮定型の関係、すなわち仮定・過程としての物語までも含めた全景をどれだけ捉えられるかが、創作者として問われるといっている。選択しなかった仮定を思い描くこと、1＋1＝10を許容するとは、このことと連動している。

物語とは「肉体に記憶された」情報である。記憶は記録ではない。人間の脳において記憶するとは、既存の記憶領域に新たな記憶を関係づけること、すなわち物語化することが最も容易で確実な方法だと考える。それ故に、記憶するという意識的あるいは無意識の作業には、肉体的な機能を含んでおり、得てして感情や情態をともなうことが多い。

同時に、記憶することは新たな時空を形成もする。例えば、あの角を曲がると駅があると記憶しているとしよう。角を曲がる行為と向こうに見える駅舎のイメージは、時空の記憶としてである。そこから、時空として成り立っていることを記憶＝物語の条件と考えたい。物語とならない記憶は忘れ去られるだろう。物語の発芽のような記憶の断片が身体化し、他の断片と結びつき一つの物語として落ち着く。いや、未完の物語がそのような断片を欲しがるのかもしれない。聴覚や嗅覚や触覚、つまり匂いや音、肌触りだけの記憶もあるのではとの反論もあるかもしれないが、それが想い出される時には、必ず何かしらの物語に組み込まれているはずだ。

先に紹介したカルロ・ロヴェッリは著書のなかで、時間とは記憶が作りだしたもので、実在しないと書いている。わたしの時間とあなたの時間は、記憶がそれぞれに違うように、異なるという。相対性理論からいっても、あなたとは質量、運動ともに違うのだから、厳密にいえば各々に流れる時間は同じものではないはずだ。ロヴェッリは時間は存在せず、時間は記憶が作りだしたものでしかないと結論づけた。

記憶が物語を生むのであり、記憶が時間をつくり出したのであれば、物語が時間を生むとしていいのだろう。

記憶と明確に結びついた物語、記憶の中で完結した文学形式として、俳句、和歌、詩をあげても異論はないと思う。例外はあるが、わたしたちは一句、一首、一編の詩を大概は記憶することで時空化し、その全体として鑑賞する。それは、絵画や彫刻を鑑賞する姿勢と同じようにだ。そのことは、小説や演劇、舞踏には望めない。十七文字という短い形式で詠まれた俳句には、明らかに風景が、つまりは時空が表現されているといえよう。例えば、山頭火の自由律俳句「まっすぐな道でさびしい」は十一文字しかない表現だが、そこには主体と風景、すなわち物語が読み取れる。まっすぐな道を辿る視線の動き、視線に従う感情、歩む人物の孤独、そのような時間空間をありありと思い描くことができる。これから拡張し続ける物語の端緒を与えてくれる。たった十一文字が、わたしという物語全体を揺り動かし、更新してくれることに驚く。

わたしの父の知り合いの長老は鉄道唱歌を全曲三百三十四番まで記憶しており、歌うことができた。論語や漢詩を覚え誦じることのできた時代の人だった。知識人は最低限の教養を記憶することが当たり前であり、そのことが人格の基礎となっていた。今や記憶は、試験のための暗記と堕落してしまっている。共有している教養の質が、大きく変質してしまった。果たして、今日、わたしたちが共有している教養などあるのだろうか。

※コンピュータによる記憶はすべてが0／1に変換されて保存される。そこには、事実としての情報も架空の情報も区別がない。それは、肉体で記憶すること、つまり、人間には経験としての記憶と情報としての記憶との区別がある。ＡＩと人間の境界は自らの肉体という意識と経験・体感、つまりは私という意識、無意識、および私の拡張性をコンピュータが持ちうるかにかかっているのではないか。

◆他者を組み入れた物語

物語が記憶された言葉であることと同様に、もう一つ大切な条件がある。物語には他者の存在が不可欠なのだ。物語とは語ることで成り立つのだから、聞き手としての他者がいなくてはならない。他者存在があるからこそ、わたしたちは物語を納得でき、偶然を取り込むことで、世界への拡張性が保証される。ハンナ・アレントが実存に他者存在を組み入れたように、語る対象としての他者存在は必須なのだ。自己―他者という関係づけがあってこそ、自己は自己として実存できる。その関係性を根拠として、物語は成り立つ。言葉を持つことは世界の関係性を識ることであり、物語を語る基本となる。

　自己なる存在を認めるには他者が必要であり、他者存在を認めるには物語がなくてはならない。動物が目の前の生物を、餌だったり、敵だったりとして対峙する関係とは違うのだ。相手を同じ自我を持つ存在として認めるには、相手が同様な物語によって成り立っている他者であることを認識する必要がある。他者は自分と違った物語を抱えた存在であり、自分と共通した物語をも持ちえる存在でもあるのだ。

　記憶された言葉であり、他者存在を組み入れた物語が集合し、自己を形づくる。大部分の記憶は時間によって洗い流されていくのだが、それでも残った記憶＝物語が蓄積し、いつしか「想い出」となって自己の芯を形成していく。

　小林秀雄は大阪難波の路上で突然、モーツァルトの旋律を想い出し、あの名評論を書いた。想い出が蘇ることで、自己に根を降ろしたその記憶、物語の全域が浮かび上がることがある。一瞬、自己を支える根幹全体が見えたような幻覚を覚えることもある。あたかも、存在全体が姿を現したかのような驚きであり、場合によってそれは美と呼ばれる感動のことを指す。だからこそ、自らの肉声として確信を持って書けるのだ。小林は好きなぐい呑みを懐に入れ、事あるごとに撫で、眺め、愛でていたという。それはモノを想い出の領域、自分の肉体の延長にまで引き下ろす作業だったのだと思う。想い出は物語の核心であり、記憶を自己に落とす重力なのかもしれない。物語を自らの肉体を拡張した領域にまでに組み入れる作業なのかもしれない。

何故、わたしたちはこれほど物語を求めるのか。物語を引きつける力は、わたしたちの何処にあるのか。一つの答えは、自己を構築する物語自体が持つ代謝作用であるといえよう。或いは、物語同士が結びついたり、離れたり、調整していく過程で生じた空隙を埋めるためかもしれない。※ 経験とは新たな物語の蓄積であるし、生きること、それは新鮮な物語を欲し続けることだといっても過言ではないはずだ。特に子供たちがお話や物語をせがむのは、成長のしるしであり、子供たちを成長させるには、物語が不可欠であり、想像力という遊び場に、物語という友だちがなくてはならない。子供は物語を通して、時間と空間への認識を身につけていく。誰もが経験していることだが、幼い頃、砂漠に水が染み込むように物語が身体に入っていく興奮を覚えているだろう。

※ 大岡信は著書『うたげと孤心』（岩波文庫）のなかで、定家が新古今和歌集を編む際に、読み人知ら

ずを、時系列的に、季節の流れとして揃わない部分に加えたとの推論をしている。定家が新古今という大きな物語を完成するために、読み人知らずという小さな物語を入れたとの論に感心し納得できた。

つねに、人が生きている以上、選ばれなかった可能性、または果されなかった仮定がついて回る。後悔は、人の折々を根底から揺さぶる。もし、あの時こうしていたら違う人生がひらけていたかもしれない。そんな運命の岐路、人生、進路の大切な選択から、コンビニの菓子棚を前にした子供たちの戸惑いまで、もしあの時、違った選択をしたらという仮定や、結果として実らなかった可能性など、いわゆるタラレバの物語が、日常的に、ソーダ水の泡のように無数に生まれている。もちろん叶った夢は成功譚として記憶の深くに刻まれるのだろう。だが、選ばれた可能性の大半は実行されることで忘れ去られ消え去ってしまうが、叶わない夢は宙に漂い記憶の底に沈むのではないか。それらは鳥の羽毛のように、魚の鱗のように、わたしたちを覆っている。わたしたちは、それらがないと、空想という名の空を翔び、現実という名の海を泳ぎ回ることが出来ない。

多元宇宙論なるものがあり、その時その時の可能性すべての時空がパラレルに存在するという論が含まれている。その一部が予言的にK・ヴォネガットの作品に具現化されている大変興味深い理論だが、少なくとも、人の記憶の中での世界は多元的に展開していると思われる。瞬間ごとに、可能性、仮定、仮想し否定された物語たちはひっそりと生き続けているのかもしれない。とくに、わたしたちが未来を志向する際に、現在の延長として架空の物語を思い描く。未来予想とはほとんどが果たされない夢であり物語なのだ。可能性という未来は、その時その時、様々な物語として浮かび上がり、忘れられていく。そんな物語の地層が新しい物語を欲し、未知の物語を育む。

「私」という物語、私に纏わりつく物語は、すべてがつねに未完であり、語り続けられ、展開していくことを自ずと望む。わたしたちは、私という物語一つ一つの書かれない結末を熱烈に知りたがる。私なる存在は未完の物語であり続けるゆえに、わたしたちは終結する物語を欲する。小説や映画の終結（エンディング）に感動したり、さらには伏線回収なる辻褄合わせに納得したりする。しかし、その物語はあくまで「私」という物語の代用であるために、物語への渇望は芯から満たされることなく、さらなる物語への渇望を生み出すのだ。いつの時代にでも、子供たちがお話を求め、女性らが占いを好むのも、ここに原因があるのだろう。


人の集団とは各々個人の物語の集合でもあり、集団において、彼らそれぞれの物語はお互いに集まろうとする。愛情とか友情は、共通した物語から成り立つ。

物語の共有は、集団の基礎となる。複数の人間に、複数の集団に、物語は共有されて一つの大きな物語を形成する。その共有される物語が、家族という物語となり、故郷という物語を描き、国家という、そして歴史という巨大な物語を生んでいく。歴史とは、共有され同意された物語でしかない。吉本隆明『共同幻想論』がいう共同幻想、『サピエンス全史』を著したユヴァル・ノア・ハラリがいう認知革命も、集団による物語の共有化といえよう。ハラリはいう。「〈虚構、すなわち架空の事物について語る〉能力は神話を生み、大勢で協力することを可能にした。後に国家、法律、貨幣、宗教といった〈想像上の秩序〉が成立するのもここに起因している」。この〈虚構、すなわち架空の事物について語る〉能力こそが、物語の源泉の一つであることは間違いない。

いわずもがな、宗教は大きな物語を共有することで成り立っている。経典とはまさにその証だ。ニーチェが神という共同幻想を否定した後、近代の共同幻想は科学へと向かった。科学こそ真実だとした。科学への信仰は未だ止むことはない。

付言すると、群衆の孤独とは、集団という物語における異端の表れである。群衆を知ることは異端＝孤独を見つけることと同意と捉えて良いのだろう。つまり、大きな物語には必ず異端と呼ばれる幾つもの小さな物語が付随する。その小さな物語たちこそが大きな物語を支えているといっても良い。小説が異端を好むのは、小さな物語によって大きな物語が表現でき、大きな物語を際立たせるからに他ならない。

どんな物語にも、想像すること、飛躍すること、辻褄を合わせること、余分なことを捨て去り、選択すること、などの工夫が組み込まれる。すなわち、物語るには嘘がなくては成り立たないのだ。自己も、歴史も、必然として嘘＝想像部分を抱え込まざるをえない。それは、フィルムが動画となるためには、一コマ一コマごとの隙間が不可欠であるようにだ。あの黒い縁がなくては動画という時間を完成できない。つまり、嘘という縁を抱え込んだ時点で、その人にとって、その歴史にとって、その共同体にとって、物語は真実へと変わる。

　老婆心ながら、今日、ＳＮＳやコミック、ＴＶゲームという物語の小宇宙を手にした若者たちは、溢れかえる物語を持て余しているように見える。物語を持て余すとは、自己を持て余すことであり、それは自己の確立を遅らせるだろう。足早に、性急に更新される情報は物語としてその人物に落ち着くことはない。消費される物語は、想い出として蓄積しない。だからこそ、今日のように、溢れる物語に飽食しながらも枯渇状態、依存環境が続いていく。いつしか麻薬中毒のように、どんな物語にも満足できなくなっていくことが恐ろしい。さらに、今日のＡＩの登場によって、物語の生産は容易になり、ますます加速するだろう。今日のテレビドラマやコミックを見ていると、ＡＩがあれば書けるような物語ばかりが目につく。いずれ、ＡＩによってがん細胞のように増殖していく物語を想像するのは、余りに恐ろしい。

　あらためて、ブランショの次の言葉を噛み締めたい。この文章を通して、私と虚構との関係、想像力によって現実世界が逆転される関係を確認しておくべきと考える。


想像力は、細部的な存在の執拗な持続を拒否し、全体的な現存の感情を出現させる。（中略）この不在の事物を通して、それを構成する不在を、想像された一切の形態の場としての空虚を手に入れようと試みることである。（中略）現実世界の全体としての逆転を手に入れようと試みることである。

※モーリス・ブランショ『フィクションとしての言語』

◆物語と小説の相違点

モーリス・ブランショは『来るべき書物』の巻頭において、オデッセウスのセイレーンの挿話に重ねながら、物語について次のように解き明かす。『文学空間』におけるオルフェウス神話の文章と並ぶ、ブランショ批評文の白眉ともいうべき個所であり、ここで物語について明確に記している。「物語とは出来事の報告ではなく、出来事そのものである」「物語はおのれ自身しか報告しない。そしてこの報告は、それがなされると同時に、おのれが語っているものを産出するのである」。簡単にいうと、物語に語る主体はおらず、物語自体が語るのであって、作家は存在しない。同じことを、村上春樹はアイザック・ディネーセンの言葉を引用することで物語を説明する。「文学、小説は人間の創作物であり、物語は神の芸術なのです」。つまり、一寸法師なる物語は誰かによって語られ（誰かとは誰でもない＝神という意味）、道草なる小説は漱石によって書かれたということだ。物語と小説の相違は、作家の存在の有無がその違いであるのだが、但し、小説は物語を内包している。

物語るとは、空間を作り、時間を想定する作業だと書いた。※虚構とは虚なる構造、虚なる時間を意味している。言葉によって新たな時空を創造することは、物語によってのみ可能なのだ。例えば、

「教室」という言葉だけでは時空は曖昧で、記憶と結びついた個人的な概念(イメージ)だけがぼんやりと存在する。それを「放課後の教室」と書き直すだけで、物語に近づき他者と共有できる鮮明な時空が生まれる。物語とは理解するものではなく納得するものであり、描写や説明でもなく、新たな時空の創造なのだ。わたしたちは、一寸法師という人格を知りたいとは思わない。一寸法師を身近に感じることなど決してない。物語を通して、鬼を針の刀で退治するというあの一連の出来事が記憶となれば良い。小指ほどの青年が大きな鬼たちをやっつけるあの痛快感を共有できるのなら、それで満足なのだ。物語を通して、弱者が強者を打ち負かすことがある、ということが記憶に刻まれる。優れた物語は聴き手＝読み手の中で熱を帯び、感情・情態を伴う。そんな物語の記憶は、わたしたちの中で何かを変える、何かを響かせる。物語を読むこと、新たな時空間を取り入れることで、自己＝私という物語の蓄積を揺さぶる。記憶のある箇所を、時には記憶全体をも響かせる、記憶全体を更新することだってある。そう、それをカタルシスと呼ぶのかもしれない。

※この地点は、物語が、ただそれからのみその魅力を引出し、それに到りつくまえは「始まる」ことさえ出来ぬような、緊急絶対の地点である。ところがまた、物語と物語の予見しえぬ運動こそ、この地点が、現実の、強力で吸引力のある地点となるような空間を与えるものにほかならないのだ。

※モーリス・ブランショ／粟津則雄訳『来たるべき書物』

物語に語る主体はない。物語が主体を持ち、主体を回収するためには、物語は小説、すなわち文学となるしかない。

サミュエル・ベケットは、物語とは何かを表現するために、物語（ストーリー）を拒んだ。物語を拒むことで、物語が物語として成り立つところの混沌へと降りていった。

ベケットはいう。「私の書くものは論理以前のものだ。論理的に理解してほしいとは思わない。単に受け入れてほしい」。さらには、パトリック・ボウルズはベケットとの会話の中で、彼は次のように述べたと記している。

「伝統的な芸術家にとっては、世界があり、次いで言語があった。しかし、無意味である世界は、意味ある言語によって真に記述することはできない。なぜならとりもなおさず芸術家自身が世界の一部なのだから。もし彼が世界の中にあるのなら、そして世界が無意味なら、世界を真に記述するためには、彼はこの過程、無意味なもののこの運動の一部として自分自身を表象しなければならない。要するに彼は自分が外側にいるように表象することはできないということだ」（傍点は筆者）

これは、「言語の中に映し出されるものを、言語が描き出すことはできない」（論考４・１２１）というウィットゲンシュタインの言葉を裏付けるものだろう。

観客がベケットの戯曲においてゴドーを待つ二人の演技に、何を感じるか。何を自分のリアリティとして受け止めるのか。それこそが、物語が物語として成り立つ瀬戸際を体験することだと思う。言葉を失った詩人が眺める風景、視覚を失った画家が触れる静物、そこからどのような風景、静物、物語が浮かび上がってくるというのか。ベケットの舞台はそれを体現させてくれるのだ。彼がシナリオに頻繁に使う「沈黙」「間」「……」など、そんな虚空から台詞が生まれでたような印象を与える演出は、まさに物語が物語として成り立つ瀬戸際の表現に他ならない。

ヴラジミール　まさにこれが人間さ、悪いのは自分の足なのに靴のせいにする。（再び帽子をとって、中を眺め、手でかき回し、ふるってみて、上から叩いたり、中を吹いたりしてから、またかぶる）少々心配になってきた。（沈黙。エストラゴンは、足をふるい、よく風が通るように親指を動かしている）泥棒のうち一人は救われたんだ。（間）こりゃあ、率としちゃ悪くない。（間）ゴゴ……

エストラゴン　なんだ？

ヴラジミール　悔い改めることにしたらどうかな？

エストラゴン　何をさ？

ヴラジミール　そうだな……（捜す）そんな細かいことはどうでもよかろう。

エストラゴン　生まれたことをか？

※ベケット／安堂信也・高橋康也訳『ゴドーを待ちながら』白水Uブックス

優れた物語は必要最小限の言葉で表現される。元来、口伝によって受け継がれたこともあり、伝えるべき情報を最短の距離と時間で受け渡すためだ。しかし、小説なる形式においては、物語の受け渡し役として書き手＝主体が現れ、つまりは物語と主体との距離が生まれ、それが主体の表現となってくる。主体の表現として、物語との距離が意識され、文体が生まれてくる。

ベケットは、仮定や推測をも連綿と綴った。彼のタラレバを併記する文体は何を描写するのか。彼の作品において、制約と解放は繰り返し、確認と放棄は連鎖し、主体は客体となり、いつしか客体は主体となる。すべての言葉と表現が、作品において等価値となる。偶然とは必然であり、その逆もまた等価であり事実なのだ。つまりは、相対の世界を選択することなく、否、選択できずに、ありのままに提出する。作家は主体が選択することを放棄している。主体における選択の放棄は、選択の放棄という選択なのだが。その罠にベケットは自ら入っていく。

若かりしベケットが過ごした時代、ニールス・ボーアとアインシュタインの論争が繰り広げられていた。有名な量子の重なりや量子のもつれについてである。蛇足だが、この量子力学の影響がベケットに及んでいないとは考えられない。観察の有無によって変化する量子の振る舞いはベケット文学が孕んだ問題と同種であり、シュレーディンガーの猫はまさにベケット的世界だと思うし、ハイゼルベルクの不確定原理は、すべてが確率という関係で成り立っており、我々が持っている言葉と数字だけでは量子の世界は語れないといっているのだ。量子論においての観測者＝客体によって変化する主体の状況は、ベケットの舞台と観客との関係だと思われる。書くこととは、量子力学における観測にあたるので、書くことで量子の重なり＝世界の相対性は決定されるといえるのではないか。さらにいえば、作品とは作家との関係、および読者との関係で成り立っている。つまりは、読むこと、観ることが観測者を呼び出し、世界が姿を顕す。それらの関係によって作品は成り立ち、その関係によって作品は明らかに変化することも量子の重なりに似ている。後に述べるが、観測はリルケの言うことに繋がる。

量子力学は現代物理学の中核となっている。しかし、ジョイス、ベケットたちがつくり上げたモダニズムの文学は忘れ去られようとしている。蛇足だが、わたしはその忘却に少なからず苛立ちを覚える。モダニズムは、決して行き詰まることはない。モダニズムは人間共通の問題であるが、それ以上に個々の問題であり、身体的理解を要求し、多様性を持つからだ。

ベケットの戯曲は、ベケットの文体を演じることに等しい。崩壊する主体と生成する主体を同時に演じることになる。彼の小説と戯曲の接点は、主体＝客体、生成＝崩壊、偶然＝必然など、それらの重なりにある。ベケットの文章は意味を辿るだけでは前へ進めない。身体的理解、肉体的納得が必須なのだ。相対を取り込むためには、この実在、この肉体が必要なのだ。わたしは、その一助として、彼の文体模倣を試みることがベケット理解に最も有効だと考える。文体模倣とは身体模倣に近い。時間を意識する、呼吸を合わせる、広がりを感じる。すなわち読者の想像力＝身体で文体を模倣し演じてみることを提案したい。もちろん原文でならなお良いが、翻訳文でも十分に目的は達成できると思う。

◆肉体と文体

身体的表現に文体を合わせようと試みた作品がある。ドン・デリーロの『ボディ・アーティスト』がそれだ。夫を喪った女性舞踏家が、夫のいない自宅で、舞踏を創作する過程において、物語が他者を必要とするように、舞踏表現の対象として、生きることの相手（パートナー）ともなり、自己を関係づける誰かを見つけようとする。

その対象を巻尾に次のように描写している。舞踏とは自己と表現対象との境界を失くして逆転することだとも書く。役者が演じること、他者に主体を委ねることと同意なのだろう。その時に、やはり一種の主体の錯乱が生まれる。

> それはあなたと私に関わることだ。最初は孤立した他者性であったものが馴染みのある、個人的なものにさえなること。それは我々が何者なのか——自分たちが何者かを練習していないときの我々が何者なのか——に関わるのだ。

次の文章は、主人公の舞踏を描写することを、肉体と表現、ここでは彼女と彼という二重性に喩えることで明確にしている。明確にすることは逆に曖昧にすること、というベケット的表現といってもよい文体ではあるのだが、わたしたちは、この文章を肉体的に受け止めるしかない。


彼女は自分自身で未来を築きたかった——自己の輪郭に合わせて作られた状態にただ入っていくのではなく。

何かが起きている。それはすでに起きた。それはこれから起きる。これが彼女の信じていたことだ。そこには物語がある、意識と可能性の流れが。そして未来が生じる。

しかし、彼にとっては違う。彼はまだ言語を学んでいないのだ。どこかに想像上の点がなければならないのに—時空に対する我々の知覚と言語が交差する非在の場が。そして彼はその交差点で異邦人なのだ。言葉もなく、身の処し方も知らず。

※ドン・デリーロ／上岡伸郎訳『ボディ・アーティスト』ちくま文庫

舞踏とは、意志と肉体と表現が一体となる、すなわち、意志と肉体と表現の関係が切れ目のない幸福な結びつきを示す、均等な三位一体の関係を示すことができる唯一の芸術かもしれない。幸福なことに、身体が意思であり表象なのである。少なくとも文学には決して望めない可能性を持っている。だからこそ、デリーロは文章にしたかったのだろう。ここでいう彼は、物語以前の者として在る。自己＝他者なる関係を持たない何ものか、異邦人であり、知覚と言語が交差する場、つまりいう場であり名付けえぬもの。彼の物語＝言語を創造することとは、彼を舞踏の対象として受け入れること。デリーロがいう異邦人の表現こそが舞踏なのだ。

文章の身体的理解は詩や歌において体験できる。詩歌が暗唱、詠唱を基本としていることは、その意味においてである。身体は、感情を持ちながら、相対するものをありのまま、矛盾したままに受け止めてくれる。身体そのものが矛盾・相対を抱えているからだといっても良い。所定の一文や台詞を大きな声で発する時、和歌一首を朗々と吟ずる時、言葉と自らの肉体の存在とその言葉を受け止める他者をありありと感じるはずだ。その他者とは、かつては神だったり自然だったりしたのだろう。大体の詩歌において、詠ずることこそが主体回収の力となる。例えば、能において、あの緩慢な時間のかけ方、声の発し方があってこそ、台詞が身体化するのではないか。台詞が身体化することで振りの動きを制することができるのだろう。肉体において言葉と所作が一つに結びつく。

能舞台には、時間の異化ともいうべき作用があるように感じる。そもそも詠唱というなら、本来はオデッセウスや古事記を語るべきかもしれないが、わたしの知識ではとうてい及ばない。ただ、物語の始原に詠唱があったことは疑いようもないし、そのことは、それこそ身体的に納得できる。

※わたしはソシュールの言語学を十分に理解していないが、物語とは、彼のいう言語の大元を司る制約としてのラングに近いものではないかと推測する。ソシュールはいう「人が語るためには、ラングの宝庫が常に必要であるということも事実であるが、それとは逆に、ラングに入るものはすべてパロール（お

喋りの言葉）において何回も試みられ、その結果、持続可能な刻印を生み出すまでくり返されたものである。ラングとはパロールによって喚起されたものの容認に過ぎない」。丸山圭三郎『ソシュールの思想』（傍点は筆者）

ここでいうラングとは物語に近く、一寸法師というパロールを得て、初めて持続可能な刻印として具体化される。ゆえに、一寸法師が山田太郎に変換されても物語は成立する。ラングとは実存を規定制約する大まかなルールのようなものであり、物語はそのルールを表現する集合といっても良いのではないか。
※同様に、チョムスキーのいう生成文法も物語を物語たらしめる基礎構造なのかもしれないと考える。ある単語という概念を世界という風景までに広げるための時空の生成は、関係の取得、文法の基礎がなくては可能でないはずだ。それこそが、生成文法であり、物語の機能ではないか。つまりは、文法を成り立たせるための仕組み＝文法なのではないか。

◆現在（いま）／此処（ここ）という肉体的納得

改めていおう、人は獲得した物語によって自己を形成し、拡張し、成長していく。自己とは無数の物語の蓄積で成立している。

新たな物語への共感によって新しい物語が自己に吸収蓄積されていくのだが、共感するとは、その新たな物語が自らを形成している物語のどれかに似ているからではない。共感は物語との距離でもなく、質の類化や近似でもない。どれほど遠く、異質であってもよい。物語はたいてい異種の物語を好む。甘いものを食べると辛いものが欲しくなるように、物語同士の均衡があるのかもしれない。通底する感覚的納得の一点があれば共感は生まれる。感覚的納得とは肉体的納得と換言してもかまわない。

　わたしは、実存の核心には「いま・ここに在る」という意識、肉体的納得が不可欠と考える。現在（いま）／此処（ここ）とは時空の拡張性・関係性の基点であり、現・存在なる意識であり、世界というパースペクティブの起点となる。他者を認める認識点でもある。現在（いま）／此処（ここ）という肉体的納得は記憶によって成立するとともに、予め別化／類化なる認識が備わっている。つまり、現在（いま）／此処（ここ）ではない時間・空間の存在を前提としているからだ。肉体的納得とは、別化／類化なる認識そのものといっても良い。それは、量子の二重性に似ている。それ故に、他者を意識し、言語を認識し、フィヒテの基本命題「私は私である」の根拠となり、西田幾多郎が唱える絶対矛盾的自己同一、および禅においての「即今、当処、自己」に重なる。あらためて付言しておくが、この肉体的納得はしっかりと記憶に結びついており、記憶なくして物語は成立せず、肉体的納得もあり得ない。※

　この肉体的な納得を根拠に、哲学、思想、芸術、すなわち文学は構築される。逆にいえば、この肉体的納得こそが、言葉、概念、情報を、記憶や物語に変える触媒ともなるのだ。肉体的であるゆえに、感情や五感に近い。それゆえ、リズムを共有でき、リアルという共感にも拡張される。喜怒哀楽、暑い寒いなどの感情気分が言語に変換されることも、肉体的納得を通さなくては不可能だろう。芸術を含め、表現とは、この肉体的納得の確認であり、肉体的納得の拡張、および拡張への願望であると断定して良い。肉体的納得は、ときにアイデンティティとも呼ばれ、誰であれ、生きている限り、自己拡張を望む意志がある限り、絶え間なく何かしらに脅かされているものだ（統合失調症とは、肉体的納得が脅かされ、失われた症例なのだと考える）。

　肉体的納得に最も忠実な表現とは、写真かもしれない。優れた写真表現は、肉体的納得とは何かを示してくれる。キャパの戦場写真、アヴェドンのポートレートは、撮影したその時／その場所が在ったという証言であり、その一瞬が永遠に連なることの証言でもある。今日、何でもありの現代美術に対して、あくまで現在（いま）／此処（ここ）という基点にこだわる写真に、わたしは可能性を見出してしまう。それは、現代アートにおけるスーパーリアリズムの可能性と結びついているとも考える。

※記憶喪失した人間にも現在（いま）／此処（ここ）という肉体的納得は存在する。なぜなら、喪失したという記憶は残るからだ。

　記憶は言語だけで成り立っているのではない。感覚としての記憶もある。五感を通した、喜怒哀楽、気分、美意識、快感、恐怖、映像などの記憶がそれだ。感覚的記憶は、言語ではなく肉体に結びつき、その肉体の記憶として、音、色彩、形、動き、喜怒哀楽の感情や恐怖、さらには本能や無意識と呼ばれる領域にまで広がる。感覚が他の五感のどれかと結ばれること、共感覚とまでいわなくとも、例えば匂いと色彩が繋がるのは、この肉体においてしかあり得ない。わたしたちがリアリティがある文章と評するものは、肉体の拡張された複数の感覚のいずれかと記憶された言葉が結びついている。アートも同様に、色彩が聴覚や触覚と結びついたりすることで独自の表現を生む。つまり、記憶の芯に及ぶ複合的・多様的な感覚をリアリティのある表現と呼んだりする。開高健がことある度に「優れた文章はみな胃袋を通っている」と繰り返すとき、このことを意味している。

いうまでもないが現在(いま)/此処(ここ)という肉体的納得は、わたしとあなたでは同一でない。肉体的納得は概念、まして言葉ではなく、肯定感とでも表現したら良いような感覚に近い。個人によって、その基礎的な大部分は共通しているが、僅かな差異や強弱の違いを持つ。主体である肉体の差異、感覚的記憶の差異、および記憶された物語が違うからだ。ここでは、この同一でないことが表現を生む、つまりは差異があるゆえに共通する基礎的な実存感覚を際立たせ、ひいてはその多様な表現を生む、と強調しておきたい。

わたしの肉体的納得とは、このわたしの身体、つまりこのわたしの生を根拠としている。当たり前なのだが、生が失われるなら肉体的納得は消滅する。肉体的納得とは誰にでも共通してはいるが、ごく個人的な根拠でしか成り立っていない。それゆえに、肉体的納得は、ときとして不安に襲われる。余りに個人的な感覚と思えるし、肉体的納得以上の実存の根拠が見つからないからだ。

だが、現在(いま)/此処(ここ)があるからこそ永遠が想定される。かつて古人は永遠を希求した。文明と称されるものは、自分たちの痕跡を永遠に残したいと、洞穴に絵を描き、ピラミッドを建て、他国を征服し、引力や相対性理論を見出し、世界的名作と呼ばれる作品を完成させてきた。人それぞれの生は束の間だが、世界は永遠に存続すると考えていた。その証として、種の保存の法則とは、まさにDNAレベルにおける永遠の希求であり永続の意思なのだ。付言しておけば、この永遠と希求は、のちに述べる全体性への希求に直結する。

しかし、今日、宇宙の仕組みを知ってしまったわたしたちは、永遠など存在しないことを承知している。地球はもちろん、この宇宙もいずれ消滅していく。人類という存在、これら言説のすべてが痕跡もなく消え去る。だからこそ、現在(いま)／此処(ここ)という確信を必要とするのだ。この確信には時間と空間の視野は不可欠だ。単なる私という自己認識よって、その視野は得られない。時空の広がりの中での現在(いま)／此処(ここ)でなくてはならない。科学者のブライアン・グリーンは著書『時間の終わりまで』において、生きる意味は永遠という眺望がなければ成り立たないとしながら、現在(いま)／此処(ここ)という肉体的納得を受け入れた瞬間の感動を、次のように書いている。少し長くなるが引用しておく。

追いかければ追いかけるほど遠のく未来を捉えようと懸命になることから、宇宙的時間の中ではほんの一瞬でも、息をのむほど素晴らしい今このときに自分は生きているという感覚への、ある種の移行を告げていたのである。（中略）生命は今ここに現実に存在しているという、単純ながら驚くほど精妙な真実を伝えようとしてきた詩人や哲学者、作家や芸術家、霊的賢者やマインドフルネスの教師らが、幾多の時代を超えて人々に与えてきた導きの宇宙論バージョンのようなものに強く働きかけられた結果だった。（中略）われわれはその心のありようを、エミリー・ディキンソンの、「永遠——それは幾多の今から成り立っている」という詩句や、ソローの、「それぞれの瞬間に、永遠を見出さなければならない」という言葉に認める。それはひとつの世界観であり、時間の全体——時間の始まりから終わりまで——に深く沈潜するとき、いっそう鮮明にわれわれの目の前に広がる眺望だ。そしてその時間の全体こそは、「今」「ここ」に、現実に存在しているということが、どれだけ特別なことなのか、そしてそのひとときがどれほど儚く過ぎ去るものかを、このうえなく鮮明に浮かび上がらせる宇宙論的背景なのである。

※ブライアン・グリーン／青木薫訳『時間の終わりまで』講談社

グリーンのいうように、永遠とも感じる宇宙的時間の中で息を呑むほど素晴らしいこの一瞬にいる喜び、現在（いま）／此処（ここ）に在るという奇跡に感謝することが、何よりも特別なことで、どれほど儚いものかを納得することが重要であり、この肉体的納得があるからこそ、わたしたちは未来を見通し、無常を克服できるのだ。現在（いま）／此処（ここ）という肉体的納得が生み出す共感なくしては、科学も、思想も、哲学も、ましてや文学は目的を持ち得ないし、喜びを感じ得ないだろう。

※例えば、三島由紀夫にとっての肉体的納得は既存のものではなく、創造すべきものだった。対して、

同世代の作家石原慎太郎は、最初から肉体的納得を備えた言葉を持っていた。三島は彼のような言葉を自分は持っていないと思ったのだろう、独自のものを作るしかないと考えた。彼にとって、肉体改造もその一部だった。文体をこさえることは肉体を作り上げることと表裏一体なのだ。その行きつく先が最後の作品「豊饒の海」であり、そこには作りものめいた美意識への共感しかなかったと思う。皮肉なことだが「仮面の告白」の文体には、生来の肉体的納得が息づいていた。しかし、三島はそんな肉体的納得を受け容れるわけにはいかなかったのだろう。そのことが、彼をあの不幸な結果へ導いたのかもしれない。

◆関係で成り立つ言葉

物語は言葉によって成り立っており、言葉自体は言葉相互の関係によって構築されている。どのような言葉も差別化・同類化という認識作用がなくては成り立たない（認識という作業そのものに別化・類化なる分類が含まれている）。同様に、言葉の単位である単語とは概念であり、差別化＝別化、同類化＝類化を示す表象でしかない。※表象とは関係づけによって示される結び目（ノード）であり、実在や行動、事柄の不在である。例えば、リンゴと書いても、それは世界の何処にも実在しない架空のリンゴを示す。柿やバナナと差別化＝別化するための、甘く酸っぱい果物という同一領域＝類化を関係づけられた表象だ。黒という色は白や赤と別化しており、色彩というカテゴリー、およびイチゴやバラ、郵便ポストなどの色味に共通したもの、類化したものとして認識されている。関係というネットワークの結束点が表象の基本であり、各々の関係づけによって、意味を持ち、概念となる。ネットワークこそが言葉を成り立たせている機能なのだ。このネットワークにはいうまでもなく個人差があり、リンゴ一つとっても、その別化・類化作用は異なり、個々に違ってくる。言葉全体でいえば、個々の記憶、体験、経験によってネットワークが異なるのは当然だろう。ただし、大筋のところでその関係性を共有できているので理解が可能となったり、少しズレたりすると頭を捻ったりする状況になるのだ。動詞においても同じことがいえる。走るとは、歩くや飛ぶと差別化され、行為や動作として同類化された関係の結束点として認識される。助詞や助動詞、接続詞などはネットワークを結ぶための継ぎ手として機能している。すなわち、ボヴァリー夫人が食べたリンゴ、と書くことで、リンゴを食べたボヴァリー夫人、そしてボヴァリー夫人が食べたリンゴという関係が特定される。ただし、継ぎ手としての助詞「が」が「を」に代われば、意味は大きく変化してしまう。

　とくに重要なことなのだが、文章表現においては、書き手または読み手とボヴァリー夫人およびリンゴとの三角関係が形づくられる。わたしはこのトライアングルこそ、文学空間の基点となり、表現を積み上げるべき基礎となると考える。この構造は、物語と語る主体、そして書き手との関係、読書の場合は読み手との関係でもあり、一人称・二人称・三人称との関係ともなり、それは世界認識の一端を構築するとともに、物語を小説へと窯変させる確固たる炎となる。

このことは、吉本隆明が『言語にとって美とは何か』において指摘した、自己表出と指示表出に深く関わることを付け加えておきたい。

※この別化・類化という用語は、折口信夫が唱えた別化性能、類化性能と称される「相対する認識の区別方法」に由来する。人間の認識には、別化・類化という基本作用が表裏一体となって組み込まれている。このことが言葉と認識が結びついている所以なのだ。言葉を持ったからこの相対した認識方法を獲得したのか、その逆かは判然としない。ただいえるのは、わたしたちは、この認識方法の有り様を見つけた折口信夫へ心から感謝の意を表したい。

科学における「関係」について、先に紹介したカルロ・ロヴェッリは量子論を解説しながら次のように書いている。わたしたちは、量子の世界も関係（ネットワーク）としてしか捉えられないようだ。

わたしたちが見つけた最良の現実の記述は、出来事が織りなす相互作用の網の観点からなされたものであり、「存在するもの」は、その網のはかない結び目（ノード）でしかない。その属性は、相互作用の瞬間にのみ決まり、別の何かとの関係においてだけ存在する。あらゆる事物は、ほかの事物との関係においてのみ、そのような事物なのだ。

どの像も不完全であって、いかなる視点にも頼ることなく現実を見る術はない。絶対的で普遍的な視点は存在しない。

※カルロ・ロヴェッリ／冨永星訳『世界は「関係」でできている』NHK出版

ロヴェッリは、この著作で量子の絡(もつ)れの不思議を解き明かしながら、関係の結束点としての存在を示し、観察者がなければ世界は存在しないなど、実に興味深い指摘をしている。絶対的な視点などなく、観察がなされることで初めて属性が存在する、という論は画期的だった。わたしにとって、この論と言葉の別化・類化という認識作用は、どう結びつくのかは今後の課題となった。とくに視覚についての記述は面白く、見ることには最初から記憶としての言語が関わっていると納得できた。ロヴェッリは、最新の脳神経科学によると、わたしたちはモノを予測しながら見ていると書いている。視覚の情報は眼から脳へ伝わるよりも脳から視神経へ伝わる情報のほうがはるかに多いという。そこから推測すると、人は網膜で得た情報を整理して脳へ送り、目の前にあるのが花や本だと伝えているのではないという。予め見るものを予測して、視神経から送り込まれる実際の視覚情報との違いのみを修正するというのだ。確かに、敵に襲われた場合など、網膜だけの情報で、目の前の状況を理解するには処理能力が追いつかないだろう。修正作業だけのほうが速いに決まっている。そこでは予測する、つまりは記憶から憶測するという能力が必須となるはずだ。

脳は、既に知っていることや以前起きたことにもとづいて、見えそうなものを予期しているのだ。目に映るはずのものを予測してその像を作る。その情報がいくつかの段階を経て、脳から目に送られる。そして脳が予見したものと目に届いている光に違いがあると、その場合に限って、ニューロンの回路が脳に向けて信号を送る。つまり、自分たちのまわりからの像が目から脳へと向かうのではなく、脳の予測と違っていたものだけが脳に知らされるのだ。

※カルロ・ロヴェッリ／冨永星訳『世界は「関係」でできている』ＮＨＫ出版

このことは、最近話題となっている視覚と意識についても当て嵌まる。例えば、両眼それぞれ違ったカタチのものを見ようとすると片方ずつしか見ることが出来ない「両眼視野闘争」や、喪った四肢をあるかのように感じてしまう幻肢、またラバーハンド錯覚などにもいえることで、視覚には見ようとする意識が優先され、そこには記憶が深く関わっていると思われる。また、脳が支持するよりも運動野での信号が先行するというリベットの実験、マイケル・ガザニガによる分離脳の認識能力実験などもこのことを実証している。脳という働きは肉体に追従する、記憶としての肉体に、無意識という肉体に追従するといって良いのだろう。

同様に、これは読書においても確認できるだろう。大概の場合、わたしたちは予想しながら読んでいる。書面の情報から推測するよりも、予め自らの記憶、自己という物語から予測したものとの相違を情報として取り込んでいると考えられる。

脳の予測には記憶としての物語が関わっており、わたしたちは自らの物語から推測したものを見よう、読もう、聴こうとしているのだ。ジャズのブルーノート＝踏み外しの楽しさは、まさに予測しているからこそといって良い。

内容は前後するが、物語について、記憶について、ロヴェッリは次のようにも書いている。

わたしたちは物語なのだ。両眼の後ろにある直径二〇センチメートルの入り組んだ部分に収められた物語であり、この世界の事物の混じり合い（と再度の混じり合い）によって残された痕跡が描いた線。エントロピーが増大する方向である未来に向けて出来事を予測するよう方向づけられた、この膨大で混沌とした宇宙のなかの少しばかり特殊な片隅に存在する線なのだ。記憶と呼ばれるこの広がりとわたしたちの連続的な予測の過程が組み合わさったとき、わたしたちは時間を時間と感じ、自分を自分だと感じる。

※カルロ・ロヴェッリ／冨永星訳『時間は存在しない』ＮＨＫ出版

私という存在とは脳に記憶された物語の集合体であり、記憶という痕跡が描いた線の集合体が時間・空間という概念をつくりだしているといっている。だから、時間というものは脳が生み出した概念であり、時間は存在しないと結論づけている。なかでもエントロピーや時間の概念、さらにはモノそのものの在り方は、人間の曖昧な観察＝認識がつくりだしているという指摘は実に刺激的であった。所謂名付けえぬものの姿を量子力学から解き明かしてくれたように納得できた。

少し話はズレるが、美とは関係、ネットワークから生まれるのではないかとも考える。坂口安吾の小説「桜の森の満開の下」にこのような描写がある。

その着物は一枚の小袖と細紐だけでは事足りず、何枚かの着物といくつもの紐と、そしてその紐は妙な形にむすばれ不必要に垂れ流されて、色々の飾り物をつけたすことによって一つの姿が完成されて行くのでした。男は目を見はりました。そして嘆声をもらしました。彼は納得させられたのです。かくして一つの美が成りたち、その美に彼が満たされている、それは疑る余地がない、個としては意味をもたない不完全かつ不可解な断片が集まることによって一つの物を完成する、その物を分解すれば無意味なる断片に帰する、それを彼は彼らしく一つの妙なる魔術として納得させせられたのでした。

安吾は、美とは無意味な断片の組み合わせから生まれると書いている。小林秀雄がいうように、美とは美しいと思う心なのだ。つまり、言葉が関係において意味を持つように、美も組み合わせ＝関係の様態として在るのではないか。色彩の関係、カタチの関係、音の関係、言葉の関係、そしてそれらの関係の組み合わせを美と感じているのかもしれない。ボードレールのコレスポンダンス、共感覚、それらも美の関係だ。それらの関係は記憶の中で初めて美となる。音の記憶は音楽を、色・形の記憶はアートを生み出すことになった。

◆言葉という関係が世界を表す

話を戻そう。

わたしが、ここで強調したいのは、わたしたちは、世界※を、モノ、ヒト、出来事などの総合として認識しているのではなく、モノ、ヒト、出来事などお互いの関係の総合として受け止めていることだ。さらには、時間、空間と共に変化する関係の総合として、世界を認識していることを強くいっておきたい。だから、木の根をモノの総合として在りのままに、直截に感じてしまったロカンタンは嘔吐するしかなかった。関係の欠落を不条理としたカミュは、そこで足踏みするしかなかった。不条理とは関係の欠落という関係なのだが。

わたしたちは、大概において、世界や事象を言葉という関係に置き換えて了解している（世界という言葉がなければ世界は存在しないし、世界とは別化／類化に支えられた概念でしかない。実在の空間に世界など存在しないのだ）。わたしたちは実在する時空を、先に述べた肉体的納得を根拠に、記憶した言葉というフィルターを通して認識している。そもそも、わたしたちは「世界とは実在なるモノの総合」などの認識は出来ない。それは、世界という概念や風景という塊＝マスを、自身の肉体的納得の延長として把握しているからであって、決して世界なる実在を認識しているわけではないからだ。わたしたち個々に与えられた視点が一つしかないように、あるいは文章を一文字ずつしか読めないように、わたしたちにとって全体を把握するなど不可能なのだ。かつて柄谷行人が書いたように風景は概念としてあるので、人は風景など眺めることはできない。そこにある森や山や川を眺めるのであって、その全体を類化して風景と呼ぶだけだ。風景を山や川、木々に分節化された言葉を通して眺めている。そのため、画家が風景や静物を描く場合、目を細めて眺めたりする。その際に画家は視力から圧を取り去り、分節化の基点となる視点を放棄して、分節化された個々としてではなく全景として、つまりは言葉を拭い去って、全体としてのバランスを見ようとする。全景を把握するためには主体なる視点は邪魔なのだが、視線がなくては見えない。だが、画家は世界を描くため、視点たる主体を消し去り、現在(いま)／此処(ここ)という肉体的納得の拡張として、全体を描こうと試みる。いうなれば、画家なる主体を全体に入れ込む作業を行う。その探索を意図的に始めた画家がセザンヌである。

　画家にとって、描くべき対象とは画家としての自己を含めた静物であり、人物であり、自然なのだ。そこに時間という関係の変化が加わり、セザンヌはその全体を描こうとした。

※ここで使う「世界」とは、ハイデガーのいう現存在＝世界内存在としての世界という意味で、一般にいう world なる概念ではない。

文学作品は言葉によって成り立ち、言葉相互の関係によって構築され、物語によって展開している。

創作とは、言葉および物語の新たな関係、新たな関係構造の構築であり発見であり、詩において最も顕著となる。それは、ランボーの自由詩、芭蕉の俳句によって確認できるだろう。さらに表現の主たる手法である喩えは、違ったカテゴリー同士に新たな関係づけを行う作業といって良いし、俳句や短歌の上の句下の句は、ふたつの異なった関係世界を結びつける表現として使われることが多い。形容詞、形容動詞の使い方も同様だ。この意味において、物語、小説、文学は決して世界や人間存在の描写ではなく、あくまで関係の表現なのだ。そもそも、たとえば一人の人間や状況を描写するなど不可能だろう。言葉、単語は繰り返し使われて時代とともに鮮度を喪っていくが、新たな関係の発見はつねに可能だ。ジョーゼフ・キャンベルがいうように、英雄譚には一定の方式を発見できるが、その方式に新しい衣装を着せることで感動を新たにする。映画スターウォーズのように、語り尽くされた英雄譚が新たな設定であらためて語られることで物語は生まれ変わる。異質な物語同士、異質な時代という物語を関係づけることで、物語相互を変化させ揺れ動かすような創作が、新たな芸術として、文学として、時代とともに生まれてくる。

文学空間とは創作された言語空間の関係全体を指し、その関係全体はつねに枝葉を伸ばし、密度を増し続けており、完成することはない。関係の拡張性を予感させない文学はない。読書とはその関係全体を受け止め、それが拡張するものを想像する作業をいう。文学空間は成長の胎動を秘めたまま、関係全体が海のように波打つ。文学の働きとは、その胎動を催し、変容を捉え、共鳴することなのだ。

余談だが、言葉ではなく、モノ＝実体の総合として世界を捉える作業はアートの役割となる。とくにインスタレーションと呼ばれる表現形式は、モノそのものの異様さ過剰さ唐突さにアプローチしている作品が多い。アートによって、世界から言葉が削ぎ落とされる時、わたしたちは文学では得られない感動を覚える。

人が言葉を得ることで失ったものは多い。優れたアート作品に出会うと、いかに言葉がわたしたちの五感を誤魔化し歪めているかがわかる。だから、アートは決して言葉に堕してはならない。付け加えると、言葉を拒むアートは禅庭に通じる。禅庭については、後に語ることになる。

２０２１年東京都現代美術館におけるオランダの作家マーク・マンダースによるインスタレーションは、彼がアーティストとしては、小説家から出発したこともあり、言葉を強く意識した作品となっており、それ故に可能な限り言葉から遠ざかった表現と思われた。自然の暴力としての天災から国家の圧政まで、暴力の前で人は言葉を失う。自己の拡張ではない他者からの暴力。粘土を思わせる素材で形成された顔・人体に打ち込まれた木片、破壊された頭部は、明らかに他者からの暴力を感じさせた。言語の外部を目指した彼のモチーフの一つが暴力であることは興味深く、結果として小説によって暴力を追求しているコーマック・マッカーシーの作品と重なる部分が多く、アートと文学という正反対へ向かった表現が再び出会うことを面白く感じたものだった。言葉にできないものの表現はアートの役割だが、文学の目標ともなりうる。延々と書き続けることで白鯨を追ったメルヴィルのように。

あらためて記す。言葉は言葉相互の関係性において、初めて意味を成す。言葉は別化／類化という両面の関係性を持っており、関係性の範囲を深めること、広げることは、言語世界の時空を増すことに他ならない。それは、水素原子が酸素原子との関係づけで水となり、さらには他の分子との関係づけで海となることに似ている。人間が他者の中で、群衆の中で、自らの意味を問わざるを得ないことの事由でもある。人は他者との関係において初めて自己を見つける。言葉が人の関係、物の関係と重なることと違わない。

※音楽とは音の関係性を楽しむものといえるだろう。言葉よりも、音の関係性は遥かに明解である。わたしたちは、和音や音そのものにも感動するが、それだけでは音楽になりえない。和音や音の進行、つまり関係づけの展開がなくては、音楽と呼べないし、音楽独自の時空をつくりえない。文学者が羨むのは、本来の音そのものが自然由来のものであるし、音を作り出す伝統楽器は自然の物質からできており、楽器が作り出す音そのものが自然に実在していると断言できるからである。音は実在するが、言葉は実在しない。その意味で、音楽は文学よりも自然に近く、世界に近い。

関係を形成することは時空を形成することに繋がる。空間とは、縦・横・奥行きの位置関係であり、時間とは、過去・現在・未来という前後関係である。同様に、言葉も言葉相互の関係として成り立っている。さらに、言葉は実体相互の関係、時空の関係、自己・他者との関係などで成り立っている。言葉は、世界という関係そのものの表象であり、物語とは、言葉の関係が構成する世界の単位および尺度を示す。

三好達治の有名な詩を、空間・時間の見事な創造の例として挙げよう。たった二行から、二行相互の関係から時空が均等に悠々と広がっていく様を目の当たりにできる。

太郎を眠らせ、太郎の屋根に雪ふりつむ。
次郎を眠らせ、次郎の屋根に雪ふりつむ。

人と実体は言葉という関係で結ばれている。例えば、日本人にとって実体のリンゴとは、リンゴという言葉で関係づけられており、英国人とはappleという言葉で関係づけられている。もちろん、その言葉の対象を知らない場合、つまり関係性を持たない対象については、関係づけ、すなわち名付けられるものでなくなる。その意味で、言葉は主体という実在の延長といえよう。つまり、言葉は肉体的納得に根拠づけられている。肉体的納得に根拠していない言葉は、無意味なのだ。意味を持つ言葉は肉体的納得に根拠づけられているゆえに、当然五感を伴う。肉体的納得には差異があるので、リンゴに対して抱く五感に共通するものは多いが、個々の差異はあり、あなたとわたしが抱くリンゴに対する五感は当然違っている。

果たして、数字の理解に肉体的納得は必要だろうか、と考える。0と1の認識については、肉体的納得が根拠づけられているように思われるのだが。

数字において、概念と実体とは一つに重なっている。言葉のように概念と実体の間に断絶はない。三は、概念の三と同じだし、三個のリンゴが表す数そのものだ。さらには、数字の関係性は明確であり関係性そのものが数字といって良い。言葉のようなお互いの同意了解を必要としない。ゆえに、数字で表現される数式によって、宇宙の誕生のインフレーションが解明され、宇宙の終末を予想することさえ可能なのだ。数学の定理は一度決定されるなら、永遠に揺るがないように見える。とくに思うのだが、数式で使われるイコール＝とは、この相対な世界をそのまま表現できる方法なのだ。1＋2＝3における＝とは、明／暗、善／悪、という表記における／そのものだろう。＝とは、実体と個々の肉体的納得によって結ばれている言葉では、決して望めない表象のように思われる。数式・化学式によって名付けえぬものの謎を解くことができるのも、イコール＝があるからだ。

◆関係づけるとは何だろう

関係づけとは、認識という作業の基本であり、自らを基点とした世界の成り立ちを知ることである。この関係づけの作業こそ、物語の原型を生むと考える。

では、認識するとは何を意味するのか？ 関係づけとは、どのような作業なのか？

赤児が初めて関係を認識する手順から考察してみよう。例えば、赤児が生まれ、最初にその赤児が欲求するものへの意識が生まれる。赤児であれば、母乳が最初の対象物となるかもしれない。母乳の次に、母親の存在が関心を惹くだろう。そこで、赤児と母乳、赤児と母親の二つの関係が生まれる。そして、次に、母乳と母親という外部相互の関係を認識できるようになる。このステップが赤児の認識作用にとって大きな飛躍となると推察する。初めて主体から離れた他者同士の関係を知る一歩となるのだ。他者同士の関係を知ることは、想像力を生む根拠ともなる。いずれ想像力は、実在しないもの、ないものをも思い描き、言葉へと結びつく。同様に、他者同士の関係を知ることは、他者存在を知ることであり、自己認識の基本となる。この時期に、赤児は鏡によって自己を認識するのではないか。鏡によって、五感の各々が一つにまとまり、自己なる基点＝現在（いま）／此処（ここ）を知るのだと思う。動画で観たのだが、赤子が最初に鏡を見た時の驚きようは、忘れることができないものだった。まさに、肉体的納得を全身で体現していた。

そのようにして、赤児本人を基点として関係のネットワークが広がっていく。そのネットワークは、当初は本能が求める対象によって拡大し、後に言葉によって確認される。

母親をママと呼べた時の喜びは、周囲の歓声も含めて赤児の記憶に深く突き刺さる。名付けることで対象が鮮明に浮き上がってくる感動、名付けることで世界における対象との関係づけが見えた感動はすべての人が共有しているものだ。思い起こしてほしい。言葉を覚えたての幼児たちは、実におしゃべりであることを。彼らは発見したての自己という物語を確認するためにも熱心におしゃべりに興じる。他者に認めてもらえる物語を語り続けることで自己を成長させていく。

ピアジェによると、学齢期以前の幼児の言語は大部分が自己中心的で、7歳になると44～47％に減じるという。このことは、まさに、自己からの関係が外部へと発展していくことを証拠立てている。

ピアジェの考え方によれば、人間の思考の発展過程は次のように素描できる。幼児は、単純な反射の水準から、実在との関係を「ほどく」ことが可能な知覚・運動組織に達するようになる。そして、2歳の終わりごろ話が出来るようになると表象能力を獲得し、見えなくなったものを見つけることができるようになる。次の段階は6、7歳で、それ以前の場当たり的行動が体系化され始める。

ここでいう見えなくなったものを見つけることができるようになるとは、言葉によって、関係づける仕組みを身につけることが可能になったと考えてもよいはずだ。つまり、世界を言語化できるようになったことをいう。さらに、6、7歳で、順次、自らの物語化が始まるのだろう。

コミュニケーションとは相互の関係づけという作業に他ならない。この関係づけを言語化し記憶することとは人間による大きな進化といえるだろう。動物は共同で狩りをする場合などにお互いのコミュニケーション＝関係づけはできるが、当たり前だが言語化はできていない。ゆえに、自分たちと獲物との関係づけをそれ以上に延長することはできないと考えられる。つまりは、学習はできるが、見えないものを見ること、匂いのないもの、聞こえないものを想像できないということだ。その例が、蜜蜂の伝達能力で、蜜の在り処を伝えられた蜜蜂は、他の蜜蜂にその在り処を間接的に伝えることはできないという。言語の有無の違いによるものだろう。

わたしの体験だが、かつて我が家の飼い犬が睡眠中に夢に驚いて飛び上がったことがあった。犬にも言語があるのかと疑った。それは、匂い、もしくは声などの記憶が睡眠中に突然甦ったのか、少なくとも見えない何かを感じてしまったのだ。少なくとも、言語の基礎となる何かを動物が持っているのは間違いないだろう。そこから、人が言語能力を獲得するに夢が大きく関わったのではないかと、わたしは推測する。フロイドが指摘するように、夢が物語化の大きな鍵を握っていることは間違いない。

付け加えなければならないのが、幼少期における遊びの役割である。遊びとは物語を体験し習得する重要な働きを担っている。遊びとは関係性を認知して、関係性を遊ぶことだ。石蹴りという簡単な遊びさえ、ルールがあり、勝敗があり、勝敗による上下関係が生まれ、子供たちはそれに従うことを良しとする。子供たちは遊びを通して、ものごとの関係性を身につける。勝ち負けによって、物語には結果や感動や悔恨、屈辱が伴うことを知る。とくに、大人社会の模倣であるごっこは、社会という関係を学ぶために不可欠な役割を担う。大人になっても、遊び、ゲームを手放せないのは、その学習の根深さを示している証拠だろう。まさに、人は遊びにおいて、社会という、つまりは言語という関係性を遊ぶ。ホイジンガが「ホモルーデンス」において、文化から遊びが生まれたのではなく、遊びから文化が生まれたと書いたのは正しい。ライオンの子は、教えられずとも戦い方を遊ぶことで学習し、野に出ていく。人間には関係性の習得、つまりは言葉の学習に遊びが大きく関わっていることは疑いようがない事実であろう。

肉体の延長である言葉の関係を広げることは、主体の拡張に結びつく。言語機能を持った人間においては、世界の大半は言葉として記憶され、言葉であるゆえに、類化／別化という重ね合わさった認識も生じる。否、世界の認識、認識という機能そのものに、類化／別化の各性能が含まれている。世界認識が言葉という関係で成り立っているから、当然として類化／別化の性能が含まれている。

人間にとって世界が相対で出来ているのも、元より言葉による認識が類化／別化の働きを備えているためである。右があるから左があり、暗があるから明があり、善があるから悪がある。そのようにしか世界を知り得ないのは言葉ゆえである。つまりは、言葉でできた物語も類化／別化の性能を持つ。つまり、物語は、分子のようにお互いを惹きつけ合う。同時に、S極N極を持った磁石のように反発し、差別化も行う。従って、物語の集合体としての主体同士も、反発し、かつ惹き合う。物語を多く共有するゆえに反発してしまう近親憎悪とは、まさにその証拠だろう。惹き合うからこそ反発も激しい恋愛関係も同様だ。

言語による世界の関係づけ、或いは相対化は、主体の形成におおいに関わる。相対には基点が不可欠なのだ。主体は相対化・関係づけの基点となる。数式でいうイコール＝だ。この基点とは、現在（いま）／此処（ここ）という肉体的納得に根拠づけられている。存在するとは、現在（いま）／此処（ここ）という肉体的納得なくして成り立たない。肉体的納得は、それゆえ受動であり、基点になるという意味では能動でもあるのだ。

実存と呼ぶものを考えるとき、この言葉の関係性と肉体の拡張性を合わせて考えるとわかりやすい。ハイデガーのいう被投的投企とは被投性／投企性の意味で、肉体の存在と言語の類化／別化と深く関わっており、結局は、実存とは肉体的納得という実感を基にした言語の問題であることを示唆している。ウィトゲンシュタインが想定する私的言語も実存という意識への問いかけだといえよう。

肉体的納得、肉体意識の拡張性、言葉およびその関係の認識は、実存の条件とも言える。また、表現による自己拡張は芸術の主たる役割だとも断言できる。

実存も、世界も、死も、無も、そしてこの私も、現在（いま）／此処（ここ）という肉体的納得を基点とした言葉、なくして存在しえない。実存とは、すなわち肉体的納得と言葉の問題である。何故わたしはここに在るのかという実感が最後の疑問となり、私とは言語の限界だとしたウィトゲンシュタインの言葉を喚起する。

※ルネ・ジラールがいう欲望の三角形も言葉の存在なくしては成り立たない。つまり、彼が唱える人間の欲望は三角形的、「模倣的」であるとは言葉を通じての模倣であって、動物の本能との違いはそこにある。欲望を持つ主体（S）とその欲望の対象となるもの（O）のあいだには、つねに媒介者（M）が存在するとしているが、媒介者とは関係の発見であり、他者の登場であり、言葉の誕生に他ならない。私たちがあるものを欲するのは、それがそれ自体として必要なのではなく、他者がそれを欲しているからであり、他者がそれを望ましいものとして示すからである。他者が示す欲望を自分のものと勘違いすることとは、ほぼ同一の事象だと考えられる。それは、自らの中に他者を認めることであり、他者の中に自己を認めることでもあり、その関係が物語を作る起点になるともいえる。

※量子力学におけるホログラム理論では、ブラックホールに書き込まれた2次元情報がホログラムのように投影されたものが、この宇宙だとしている。つまり、この世界は、記号＝言葉という2次元情報が投影された3次元空間だと理解しても良いのではないか。そのように空想すると、言葉と世界の関係が逆転し、たいへん興味深い。とくに相対化・類化／別化した概念や意味は、量子のもつれ理論で説明できるようになるし、観察の働きも、言葉という存在の意味も理解できる。

◆日常的言語と詩的言語

モーリス・ブランショは、マラルメに関する詩論を通して、生の言語＝日常的言語および詩的言語＝本質的言語の違いを指摘する。

詩の言葉においては、諸存在が口をつぐんでいるという事実が、表現されるのだ。（中略）その時、存在が、再び言葉になろうとし、言葉は存在しようと欲する。詩の言葉は（中略）、何物かを示したり、何者かに語らせたりするのに使われるべきではなく、それ自体の内にその目的を持っていることを、意味する。

※モーリス・ブランショ／粟津則雄訳『文学空間』現代思潮社

しかし、実際の言葉にそのような相違はない。日常的言語・本質的言語の差異、それは言語の関係づけの違いでしかない。つまり、その言語が日常的な世界によって関係づけられているか、詩的空間によって関係づけられているかの違いである。「丸い月」という生の言語は、あの丸い月であり、現実の夜空に浮かぶ満月のあの月を指している。誰かが、今夜の月はまん丸だねといい、誰かが相槌を打つことで消費される言葉、そこには発言者の意図や言葉の裏面さえも憶測されるかもしれない、そんな関係だ。本質的言語における丸い月は、詩の文脈において完結している丸い月であり、先に紹介した三好達治の詩における太郎と次郎の関係のように、文学空間における関係づけだけで成り立っており、日常的な役割、個人的な関係づけを廃した表象をいう。ブランショがいう「何物かを示したり、何者かに語らせたりするのに使われるべきではなく、それ自体の内にその目的を持っていることを、意味」しており、言葉が表現すること以上でも以下でもない。詩的言語と実体としての月との関係には断絶があり、その断絶を、その欠損を、表象が関係づけている。詩的言語における丸い月は、その作品の裡に関係づけられていると同時に閉ざされており、作品に閉ざされることで開示されている。同時に、月という詩的言語は文学空間に開かれ、文学の伝統を引き継いでいる。寺田寅彦が芭蕉の「荒海や佐渡に横とう天の川」の句に対して、この荒海は万葉から繰り返し使われてきた海なる言葉の伝統を含んで表現されていると書いた、その伝統を指している。寺田はその文中で西洋文学にはその伝統はないと指摘しているが、マラルメのいう詩的言語に近く、作品の本歌取りは、セルバンテス以来、「文学の文学による模倣」という文学的伝統で受け継がれてきた。その関係は余りにも複雑で入り組んでいるため、読み取りにくいだけだ。ポール・オースターは著書の中で書いている「すべてのものは他のすべてのものの注釈として読むことができる」。

極言すれば、詩を含めて、あらゆる作品は、文学空間において孤立してはいない。作品は共時的に、通時的に開示されており、それが文学として認められる限りにおいて、広く開かれてなければならない。銀河における星々の関係と同じで、拡大という時間を共有しながら、お互いの質量によって引き合っているのだ。少なくとも現代文学、世界文学と呼ばれる作品は、その意味で、つねに共時的・通時的に文学空間に開示されており、作家はそのことを意識せねばならないだろう。

わたしは、ブランショが詩的言語と日常的言語に明確な区分をすることに同意できない。その理由は、どちらの言語にも肉体的納得が根拠づけられているはずだからだ。平たくいえば、わたしたちは、言葉に肉体の拡張としての感覚、五感を伴った肉体的感覚がなければ、詩としても、文学としても成立しない。ましてや、肉体的感覚の伴わない「美」などあり得ないだろう。三好達治の作品に、雪の冷たさ、しんしんと降り積もる静寂な空間を思い起こさなければ、詩として、文学としての共感を得られない。言葉で時空を構築するには、肉体という体幹なくして不可能だ。とくに言葉が記憶を経て、物語という単位となるのなら、言葉が五感を伴うことは間違いない。つまり、文体とは、言葉へ拡張された作家の肉体感覚が基本となる。五感を伴った言語とは、五感が個別的であるからこそ類化/別化され、個別の日常的言語へと繋がる。詩的言語といえども、わたしたちに読まれる言葉として、この個別的な五感をともなった日常的言語から離れることはできないのだ。文章の共感は、この個別的な五感への共感に大いに影響される。個別的な情態に共鳴することが読書体験の基本となる。ゆえに、日常的言語と詩的言語は表裏であり相対であり地続きである。

わたしが、ブランショの小説作品にどうしても入り込めないのは、この個別的な五感への共感、つまり言葉の肉体的感覚の欠如にある。のちに詳しく述べるが、肉体の拡張としての文体が彼の小説作品には息づいてないように思える。もちろん、わたしの拙い語学力、読書力を棚に上げてのことなのだが。カフカやベケットの小説には肉体の拡張としての文体を読み取れる。ベケットの戯曲が彼の小説よりも面白いのは、そこに原因があると考える。当たり前だが、演者が発するセリフや演技に、肉体的な共感をありありと感じ取れるからだ。

◆根拠なき言葉　名付けえぬもの

デカルトのいう「われ思うゆえにわれあり」とは、われ思う→わたしは思考する→わたしは言葉を使う、ゆえにわれありと解釈できる。つまり「われ」なる存在は言葉ゆえに在ると理解しても良いだろう。また、われ思うとは投企の言い換えであり、われありとは被投企の別称ともいえる。「われ」なる自己は言葉があって初めて成立する、とデカルトはいっている。言葉を持つ＝投企、存在する＝被投企となり、先に述べたように、実存とは「言葉を持った存在」の言い換えでしかない。しかし、言葉が言葉であること、リンゴがリンゴである根拠は何もない。裏を返せば、ベケットが舞台で道化た、サルトルが木の根を前に吐いたのは、人が言葉を持ったがゆえの、言葉そのものへの不安でもある。もっといえば、言葉という根拠なきものへの不安なのだ。言葉は、自己なる世界の限界でしかない。自己の外には名付けえぬものが、何処までも延々に広がっている。

死がわたしたちにこれほどの恐怖をもたらすのは、死によって自らが名付けえぬものとなるからだろう。その名付けえぬ恐怖が、死という言葉によってもたらされるという逆説も面白い。

宇宙でわたしたちが知りうるものは僅か４％強でしかないという。残りの96％はブラックマターとかブラックエネルギーと呼ばれるまさに名付けえぬものなのだ。しかも、銀河や宇宙全体の中心には巨大な闇であるブラックホールが存在するという。そのことを考えても、わたしたちが認知できる世界がいかに狭いかが了解できる。すなわち、未知なるものへの示唆、未知なる存在への開示こそ、言語芸術としての文学の役割ともいえる。

リルケの詩を思い起こす。

たぶん、われわれが地上に存在するのは、言うためなのだ。家、
橋、泉、門、壺、果樹、窓―と、
もしくはせいぜい円柱、塔と……。しかし理解せよ、そう言うのは
物たち自身もけっして自分たちがそうであると
つきつめて思っていなかったそのように言うためなのだ。

※手塚富雄訳「ドゥイノの悲歌」第9歌　岩波文庫

リルケは、詩人の役割を、言うこと、名付けることとした。名付けられるたびに、世界は広がっていく。名付けるたびに、私なる自己は拡張していく。しかし、物たちは自分がそうであるとは

思っていない、とリルケは書く。つまり、詩人と物、詩人と世界との間には断絶が横たわり、言葉との結びつきはない。結びつきは幻想であり、他者との契約であり、名付けることは、いうならば人間の勝手でしかないのだ。

古井由吉は「名」を呼ぶことをこのように描写した。

ある時、女はまた男を戒しめかけて、例の名前を呼んだ。知らぬ名前が男の胸へ通った。背後に沈んでいたものが前に回って立ち上がった。自分が何者であったか、男は知ったと思った。それから後の記憶が絶たれる。絶たれるのではなく、初めに名前を呼ばれた時に返る。その名前がまた思い出せない。

※古井由吉『辻』新潮文庫

名前は主体を呼び起こすが、同時に限定し、消し去りもする。名付けることはモノをモノでなくし、存在を存在でなくす。つまり、言葉という関係に落とし込む。

例えば、人の名前を忘れることの不安と居心地の悪さは、主体の存在意識さえ脅かす。関係なるネットワークの欠損だからだ。名を知らぬ者の存在は、名付けえぬものからの恐怖であり、その欠損は、ときとして言葉というネットワークそのものを脅す。確かなことは、根拠なき言葉が、わたしたちの記憶をつくり、一つの物語を実らせ、それら物語が集合して私なる自己をつくる。いずれわたしたちは死して、肉体は朽ちて名付けえぬもの＝モノに戻り、私という物語の集合は消滅するが、書物としての作品は文学空間に残る。家、橋、泉、門、壺、果樹、窓─と同等に。わたしは、その不思議につくづく感嘆する。書物とは、人が想い描く永遠という名の夢のようだと。

あらためて「言葉について言葉で考えることは不可能である」といったウィトゲンシュタインの言葉を思い出そう。しかし、われわれは何事かについて考えるためには、言葉を使用するしかない。言葉についても然りである。だが、最終的には、言葉を放棄することで言葉への思考を終えるしかないようにも思う。言葉の外から言葉を思考するには、言葉を放棄する必要がある。放棄された言葉こそ、詩的言語だとブランショはいう。言葉による思考の放棄とは、言葉と実体の間の断絶を覗き込むことに等しい。それは、物語が物語として成り立つ始源を探ることでもある。

ウィトゲンシュタインはこうもいっている。

語られることのできないものは、言われることのなかに──言わず語らずに──含まれている。

つまり、語られることのできないもの＝名付けられぬものは、言葉という相対の関係に、言われるもの＝物語のなかに、影のように含まれているといっている。言われることの相対として、「語ることのできないもの」が存在しているから、語ることができるのだ。故に、わたしたちは、語られるものの影の揺らぎから、名付けえぬものの正体を推し量るしかないのだろう。その揺らぎこそが物語が生まれる始源、かつ物語が消え去る消滅点でもあるはずだ。

ブランショは次のように示唆する。


作品が、消え去るもののかけがえのない輝き、それを通してすべてが消え去る輝きでなければならぬこと、また、作品は、肯定の極限か否定の極限によって確証される場合のみ存在すると言うこと、このような要請は、我々の平和や素朴な眠りへの欲求に反するものだが、でも、やはり我々は、それを理解している。

※モーリス・ブランショ／粟津則雄訳『文学空間』現代思潮社

作品という消え去ることで顕れるもの、その一瞬の輝きの残照にこそ、わたしたちは作品の在りようを垣間見ることができるのだ。ブランショがオルフェウスの神話に喩えて、オルフェが妻ユリディスを振り返った一瞬にこそ、ユリディスは消え去ることで現前したのだと書く時、作品はそこに確かに現前したといえる。作品が自らへ問いかけることで、自らを否定することで、または肯定することで、その存在を顕にすることによってのみ、わたしたちは名付けえぬものの影を垣間見ることができる。

わたしたちは未曾有の天災や大きな戦争を、計り知れない出来事を、名付けえぬものとして対峙することで、それを不条理と名付けた。主体が自らを現前させる世界を理解・承諾できなくなったときに、不条理が生まれた。不条理とは、世界と主体の断絶なくしてはあり得ない。人が世界との関わりを放棄したとき、不条理となる。そして、世界とは自己の拡張された領域ではなく、他者そのものであり、混沌であり、名付けられぬものであり、自らもそこに取り込まれて在る。それは、自らの物語への否定でもある。ときに、それは悲劇とも呼ばれてきたし、表現不可能なものに触れること、すなわち禁忌＝タブーとは名付けられぬものの表現に直結している。

だがつまるところいまぼくはあの時代について何を知っているのか、意味で氷りついた言葉が冷たく降りかかり、世界もまた間が抜けてだらしのない名前をつけられて死んでいくいまとなって？　ぼくは言葉や死んだ事物たちが知っていることを知っている、そいつはちょっとした量にのぼって、死者たちのうまく書かれた文章や長いソナタみたいに、ちゃんと始まりと、真ん中と、終わりがついている。

※サミュエル・ベケット／三輪秀彦訳『モロイ』集英社

科学者ブライアン・グリーンも、わたしたちが住むこの宇宙を名付け得ぬものとして次のように表す。

私はかつて、宇宙を研究して、あたかも玉ねぎの鱗片をはがすように宇宙の階層を一枚ずつめくっていけば、「いかにして」で始まる多くの問いに答えられるようになり、その結果として、「なぜ」で始まる多くの問いに対する答えも垣間見ることができるだろうと期待していた。だが、宇宙のことを知れば知るほど、そんな期待はお門違いだと思うようになった。意識を持つわれわれは、ひととき宇宙の一隅に無断居住するだけの存在なのだ。そんなわれわれを温かく受け止めてほしいと願う気持ちはわからないではないが、端的に言って、それは宇宙のやることではないのである。

※ブライアン・グリーン／青木薫訳『時間の終わりまで』講談社

◆他者の発見　全体への希求

ニーチェが神は死んだと唱えて以来、一時期、世界は人間の属性となったかのように思われた。物語は人が創作するものであり、物語と人とは一体となったのではないか。結果、人が了解できない物語が現れ、それを不条理とするしかなかった。今日、その不条理もあり得ない。なぜなら、言葉が根拠を失い、物語は根無草となって消滅と点灯を繰り返すしかなくなったからだ。未だ根無草の物語が増産され続けている。存在の陰影が薄くなり、虚構と現実の垣根が限りなく低くなってしまった。またしても、次のような問いかけが繰り返される。人間は世界の属性なのか、世界が人間の属性なのか？　少なくとも神のいなくなった世界に、他者が現れた。実存に他者存在を組み入れたアレントは公共性を訴えたが、その公共性も他者という異境の人々に呆気なく犯されてしまう。

芸術は、どんな世界に対しても他者であるものの中にその根源を持っている、とブランショは「カフカと作品の要請」において書いている。いいかえると、芸術とは他者の発見、他者が在るその世界の発見に他ならない。自己なるものを知るには他者が必須だともいえるし、そもそも他者なる存在を知りえたのも言葉なくしては不可能だった。だが、他者とは外部であり、わたしたちは他者を他者そのものとしては認識できないというジレンマに陥っている。極言すると、他者とは、自らの言葉とは異なる言葉を持つ者、言葉についての盲目的信頼を共有しない者、言葉以外のもの、論理や因果律以外のもので、偶然が支配する世界の住人である。だが、何度もいうが、文学においてそれを認識し表現するには言葉を使うしかない。そこで、再度思い出して欲しいのは、ウィトゲンシュタインの「語られることのできないものは、言われることのなかに—言わず語らずに—含まれている」という文章だ。即ち、ブランショがいうように、他者＝語られることができないものこそを、わたしたちは文学の中に追い求め続けるしかない。

文学、アートを含め芸術の主なモチーフとして、もう一つ「全体の希求」「全体性の回復」をあげたい。これは、先に芸術の役割として挙げた自己拡張とつながるものであり、既に論じたわたしたちに運命づけられた永遠への希求・永続の意思の変異でもある。その要因の一つは、産業革命以後の世界が複雑化かつ多様化してしまい全体像を見失ったこと、多様化や個別化から生まれた渇望、わたしたちの生がつねに未完であり部分的でしかないという不満に加えて、言葉による分節化への反動としての主体回収と併せて生まれる欲求だと考える。

実現不可能な全体性の追求とは、芸術全般の歴史的命題でもある。全体性への希求、全体性という視点は文明批判、社会批判たる力を持つ。※だが、当たり前だが、全体を獲得した芸術など存在しない。全体を見るとは対象との距離を何処に置くかの問題なのだ。離れるなら離れるほど全景が見えてくるが、部分はぼやける。離れすぎては見えるものも見えない。全景も距離によっては部分となる。全体小説などといっても、あくまでも部分でしかない。ために、作家は部分を表現することで全体を想像させることを夢見る。その作品が持つ広がりの仮想領域こそが重要なのだ。

※現実の全体を問題として、non-conformism を貫くということは、世界観をみずから検討し、文化の体系の全体を問い直すことを意味する。文化の個別的な現象は、政治的な意味をもたないことがあるだろう（文化の自立性）。しかし文化の体系の全体は、必ず政治的意味をもつ、ということには、その全体の批判と検討は、権力関係をふくむ社会体制の全体を批判し、検討することにつながらざるをえない。
※加藤周一『文学の擁護』平凡社

美は細部にありとか、画竜点睛などの言葉を引き合いに出すまでもなく、個と全体の連結、つまり細部を見つめることで全体を見渡せる感動は、芸術を味わう醍醐味である。ある一行によって小説全体が垣間見えたような経験、周りの風景が違って見えたような体験は、誰もが持っていることだろう。全景を映し出すには暗闇とピンホールが不可欠であることは間違いない。

小説における短編の役割とは、まさに部分を提出することで全体を想起させることにある。カフカの「変身」の巻末において、死んだザムザの亡骸をのみ込むように生活が続いていく描写に、わたしたちは日常の圧倒的な持続力と私なる存在の軽さを読み取ることだろう。変身という異常が起きても、あくまで日常にこだわるカフカの文体は、その日常、さらには他者の異常さを際立てる。そこでの日常があたかも名付けえぬものの様相を呈しているかのようだ。

部分という壁を設けることで、壁の向こうの広がりを想い起こさせることは、文学、アートを問わず芸術の手段となっている。

個が全体であり、全体が個であること。そのことは、世界・宇宙の仕組みを「繰り込み群」で説明可能かもしれないこと、同様に、その構造がほぼ「フラクタル構造[※1]」をしていることと関連しているかもしれない。アーティストが自然を模倣してサイズや色相を変化させ表現するように、世界・宇宙もある原型を模倣しながら拡大しているように思われる。例えば、草間彌生のドットがクオークの配列から点在する島宇宙を連想させることに近い。イスラム芸術のアラベスクにも同様の表現を感じる。

全体・部分の関係を探る、もしくは世界の原型を探るとは、芸術の大きな命題といって良い。それは、瞬間を捉えることが永遠を描くことに繋がることと同様だ。全体を想い描くためには、遠い天空を眺めることより自らの足元を見つめた方がより現実的だろう。[※2] 創作において、世界・宇宙の仕組みよりも自己を探ったほうが効果的であることに他ならない。自己の闇の探究は世界の探究に直結する。量子力学がなくては宇宙誕生の謎は解けなかったようにだ。

※1　フラクタル構造　部分が全体に相似している構造のこと。ある形の部分が集まって、同じ形の構造を作りだすことを指す。このフラクタル構造は、株価チャートから腸の壁面、海岸線まで自然界に多く存在する。大江がいう、言葉を洗い流した時の小説のカタチとはこのフラクタル構造における原型のことを意味しているのかとも考える。

※2　そもそもなぜ、何もないのではなく、何かがあるのだろうか？　何が生命に点火したのだろう？　意識はどのようにして出現したのだろうか？（中略）人間の条件を明らかにしようという探究の旅で、われわれが目を向けるべき唯一の方向は、内面に向かう方向である。（中略）それは創造的表現の核心に向かう旅であり、心に響く物語のふるさとを訪ねる旅でもある。科学は、外なる実在を理解するための強力にして精巧な道具である。しかしそれを認めたうえで、それを踏まえたうえで、他のいっさいは、おのれを見つめ、受け継いでいく必要のあるものは何かを把握し、物語――暗闇の中にこだましていく物語、音から彫琢され、沈黙の中に刻みつけられ、最上のものは魂をゆさぶる物語――を語る、人類という種なのである。

※ブライアン・グリーン／青木薫訳『時間の終わりまで』講談社

◆言葉と実体世界との断絶

再び、言葉の問題に戻ろう。

言葉・概念・実体、それぞれは決してイコールではなく、それぞれの間には断絶がある。実体に概念が寄り添い、概念に言葉が寄り添う。すなわち、実体に言葉が寄り添うのだが、その間には断絶がある。いうまでもなく、そこに在る実体のリンゴとリンゴという言葉には隔たりがあるのだ。それは、資本論がいう労働と商品と貨幣の間の断絶、数字と科学と宇宙との断絶と同様である。円周率を示す数字が無限に続くのはその証拠だろうし、相対性理論は宇宙の絶対的な真理ではなく、わたしたちは相対性理論で理解できる宇宙しか知ることができないということなのだ。言葉と同様に、数学や科学の真理真実は、わたしたちの認識の限界でしかない。

断絶の存在は、言葉・概念・実体との関係が他者との暗黙の同意によって成り立っていることを意味している、といえよう。言葉のリンゴがリンゴとして通用するのは、それをリンゴと呼ぼうという他者との同意なくして成り立たない。概念・言葉・実体を結びつけるのは、他者との契約である。ウィトゲンシュタインはそれを盲目的信頼と呼んでいる。つまり、言葉で成り立っている「真実」とは、他者との同意・約束なくしては成立しないことをも意味する。すなわち、どのような

「真実」も絶対でなく、他者との信頼、他者との契約がなければ成り立たないと認識しておきたい。つまり、契約する他者によって「真実」は変化する、と考えても良い。1＋1＝2とか、人間は必ず死ぬ、光の速度は一定であるなど、あらゆる真実、あらゆる真理、それらアプリオリとされる法則は、やはり契約によって成り立っているのだ。つまり、アプリオリな真実など存在しないと断言できる。

哲学、文学、アートは、ともにこの契約、この断絶の探究に他ならない。

古井由吉は先の大江との対談において、「書く者は深淵をのぞかせるところまでしか、しかもそのつどの瞬間においてしか、至れないものらしい」といっている。つまり断絶の深淵を示すことは、断絶を知ったうえでのこの契約の危うさを表現することになる。物語への共感は、この契約、この同意を基本としており、この契約・同意が崩れた世界、その一つがカフカの小説でありベケットの戯曲なのだ。

モダニズムと呼ばれる文学は、この契約・同意への疑問から発生した。

実体世界の関係性は言葉世界の関係性の反映だといえよう。同様に、この関係づけを通して、言葉は不在によって存在を映すことが可能なのだ。つまり、概念の「愛」も、実体の「郵便ポスト」も、同様に関係づけ＝役割によって意味を成し、在る。関係図、関係式においてのみ在る。そして、それらの言葉は、実体の不在として、存在する。そのことは、サルトルが実存の自由を疑問＝否定から引き出したように、言葉が事前に否定形を抱いていることを示し、ひいては非在＝死を孕んでいることを意味している。故に、小説を書くことは、書く主体を仮の死、零度へと導く。しかし、人が死を体験できないように、言葉もまた非在を予兆しながらも非在そのものとなることができない。

人は、言葉を発する者として、主体の回収を絶えず図りながらも、自らの死を知る者として、自らの死へ至る者として、自身の実存を肯定し生成しようとするのだ。肯定する根拠は、この肉体であり、現在（いま）／此処（ここ）という実感に基づく。その実感は、つねにいずれ到来する死に脅かされているのだが、わたしたちには現在（いま）／此処（ここ）に縋るしかない。私の基点となる現在（いま）／此処（ここ）を開示するためには、関係づけとしての虚構の表現は必須なのだ。世界を他者へ開示する媒介としても、私は在る。

「私」は「在る」という言葉を証す主体として、または言葉に使われる客体として、言葉との関係を求めながら、物語を通して、文の体として自己を生成回収しようとする。その自己の形成こそが、物語を介した小説の作業であり、物語という時空をつくり上げ、その虚構によって現実・事実・真実を示そうとする試みとなる。作家は物語を紡ぎ、書くことによって、分節化していく世界と主体を統合しなくてはならない。それが、文の体（てい）である文体の力だ。主体および世界の解体と回収を同時に遂行することこそ、相対化している世界において特定の基点をもうけて、被投企的投企と呼ばれる状況を整える。それこそが、作家の作家たる意識に他ならない。文体とは世界に基点を打つこと、あるいは補助線を引くだけかもしれないが、わたしたちはその基点、補助線から、世界に新たな関係式を想像し、辿ることができるのだ。

解体と回収という相反する作業、例えば、他者、倫理、宗教、性、地域などの言語化作業は、現代文学が目指すものであり、モダニズム文学の支柱であった。意識の流れ、異化、ヌーヴォーロマン、それぞれがそれぞれの方法で、言葉、表現を突き詰め、世界および主体の解体・回収を図ってきた。そして、今日、わたしたちが目指すべき文学が、この延長線上にあることは疑いようもない。

◆世界を分節化する言葉　主体を回収する文体

このことは注意深く書かなければならないのだが、言葉は世界を分節化する。同様に、言葉は主体をも解体する。例えば、目の前の風景を表現するとき、わたしたちは風景を構成する要素や関係を記憶に当て嵌めながら、言葉に変換して眺めている（それ故、画家は絵を描く対象を在りのままに観たいがゆえに言葉で観ることを避けようとするのだ※）。同様に、主体である自己自身について考察する場合、どのような心理・欲望・情態などかを言葉に置き換えて考える。世界なり、自己なり、概念を、概念のままでは思考できない。思考を可能にするために、言葉への置き換えなくしては不可能だ。ここで、言語化すること、関係性に置き換えることを、分節化すると呼んでいる。しかし、実体としての世界＝風景は決して分節されてはいない。同時に、肉体は、今ここに生きている故に、主体を取り戻そうともする。世界は私の延長であり、私は世界の一部であるからだ。

分節化されたままで在ること、すなわちアイデンティティの喪失は一つの病理へ結びつく。とくに作家においては、言葉が持つ物語化の作用によって、文の体として主体を生成しようとする作業は重要だ。文の体、つまり文体とは小説における主体の生成に他ならない。文体の生成、つまりは主体の回収こそが小説の重要な作業の一つであり、また主体を回収しながら、小説という虚構によって、現実・事実・真実を示そうとする試みとなる。何故なら、真実を真実で示すことは不可能だからだ。白は白で表現できず、黒によってしか示されない。明は暗なくして在りえない。即ち、真実は言葉という虚構によって示すことができるだろう。

創造・創作も、鑑賞・読書も、解体／回収を同時に体験する作業に他ならない。解体と回収、もしくは回収と解体、そのどちらかで後味はまるで違ってくるのだが。

解体と回収を実存の根拠に据え、解体／回収を追放／追求に置き換え、彷徨という形で繰り返し表現した作家として、カフカをあげられる。自らの環境、宗教、肉体、そのすべてに崩壊の音を聞きながら、唯一書くことに生成の救いを見出した。生成とは崩壊の証でもあることを知りながら、生きることと書くことが、これほど重なった作家はいなかった。記述依存症なる病理があるなら、まさに彼がその症例となるだろう。現実からの強烈な乖離感覚に襲われ、文学に到達不可能な救いを求めた。カフカは、解体する世界を書くという作業においてのみ、自らの生きる条件へと逆転できた。「城」がKを拒むのは、Kが城へ近づくための条件なのだ。自由を抱くためには制限の設定は必須だからだ。カフカ作品への批評のほとんどが、この絶え間ない到達不可能性がもたらす絶望を指摘するのだが、わたしは到達＝生成という作業を延々と持続するために、次々と拒否＝制限を繰り出すことに対して、ある種の遊戯性をさえ感じてしまう。生きること、宗教、恋愛、それらすべての根拠を疑った。ゆえに、書くという過程に、書くという行為に拘るしかなかった。

ヴァレリーは、ある手紙で、こう書いている。「真の画家は、生涯にわたって、絵画を探求する。真の詩人は、ポエジーを……。なぜなら、それらは局限された活動ではないからだ。そのような活動においては、欲求と、手段と、更には障害までも、創り出さねばならぬ……」。

※言葉という関係を通して見ると、どうしても保守的になりがちである。往々にして記憶された言葉は既成の関係で成り立っているからだ。それ故に、新しい関係を対象に求めるなら、言葉を拭い去ることが必要となる。

※ニーチェは解体／回収をディオニュソス的なものアポロン的なものとして表現する。例えば以下の文章を読んでほしい。これは、解体と回収、物語と主体、物語と書き手との関係に応用される。
「ギリシャ悲劇とはディオニュソス的なコーラスのことであり、そのコーラスが自分の内から外へと向かってアポロン的な諸々の形象の世界を投射することによって、緊張の高まった自己を発散していく過程であると理解されよう。コーラスの諸部分は悲劇的作品のなかでところどころにうまく組み込まれているが、そのそうしたコーラスの諸部分こそがだからある意味において、「対話」と呼ばれる残りの部分全体の母胎なのである。つまり本来の意味でのドラマの、演劇的舞台要素全体の母体なのである。ギ

リシャ悲劇の根源をなすこの基礎部分が、次々と継起して激発を繰り返していくうちに、いわばそこから放射されるかのような形で、いわゆるドラマとしてのヴィジョンが生み出される。このヴィジョンは、根本的には一つの夢であり、だからその限りで叙事詩的な性質のものである。しかしまた一方では、そのヴィジョンはディオニュソス的な状態の客観化でもあるのだから、アポロン的な仮象による救済を表すのではなく、逆に個体が崩壊することを、そして個体が〈根源的存在〉のうちへと解消されることを表しているのである。従ってそのドラマは、ディオニュソス的な諸概念や諸行動を、アポロン的に再現＝表象することにほかならない」。（ニーチェ「悲劇の誕生」）

※スイスのアーティストであるミリアム・カーンは、「それが一体何なのかを知らずに、作品を見なくてはなりません。アートはすべての人にとって、言語を介さず理解されるべきなのです」と発言している。（森アーツミュージアム・アナザーエナジー展）

※カントは世界認識の段階を感性・悟性・理性とした。感性とは時空存在への直感が基本となっているが、時空認識は悟性＝主体の延長でしかない。悟性認識の基本である概念も、理性の基本である関係づけや統合作業も、言葉の所産であることは間違いない。つまり、感性・悟性・理性とは、「世界」という実体に対する「主体と言葉の問題」なのである。

◆小説における文体について

小説における主体と呼べるものは、作家ではなく文体にある。そもそも作家なる職業は存在するかもしれないが、作品空間の何処を探しても作家など見あたらない。反面、文体なき小説は、小説になりえず桃太郎と肩を並べる物語に留まる（決して物語を卑下し小説の下層に置いているのではない）。いうまでもないが私小説と称される作品における「私」は、作家ではなく登場人物でしかない。あえて作家というなら書き手として存在するのだろう。書き手は、物語を紡ぐものとして、その手つき、その手際、すなわち書き手が紡いだ文体として表現される。

文体は作品＝文学空間の骨格や視野、或いは時間感覚や描く空間の尺度となるといって良い。視点の在り方、時間の配慮から温度や質感までが、文体によって決まる。物語や対象に寄り添うか、もしくは突き放して俯瞰するか、時間や意識の流れに密着するように細部を突き詰めるか、遠くから歴史的な流れを眺望するかで、文体は変化する。すなわち、文体によって作品独自の時空が決定されるのだ。

小説の文体は、書き手が紡ぐ物語と書き手との距離の取り方によっても左右される。わたしはこの距離を考えるときに、版木に目をつけるように彫った棟方志功と釣り竿のように長い絵筆を使ったマチスを思い起こす。集中と開放、憑依と演出、必然と偶然、その度合いによって描く対象、紡ぐ物語が、具体的に相貌を変化させる。

例えば、カフカにおいて「変身」は、書き手と物語の距離が遠く「城」は近い。「変身」は、虫に変身したザムザと日常生活の対比において、なんの変哲もない日常が特異な事実＝物語を侵食していく恐怖を描く。主体の立ち位置は、変身する物語と堅牢な日常を離れて俯瞰する側に立っている。「変身」とは決して虫の物語ではなく日常が主役なのだ。「城」においては虚の主体＝Kを登場させ、作家は書き手そのものになり、読者もつねにKとともに彷徨う。作品は、城という物語を求める物語として重層的な構成をとっており、読者は物語の物語という合わせ鏡の迷路へと導かれるのだ。なお、村上春樹の『１Ｑ８４』は、その距離自体を小説の骨組みとしていた。

ブランショはカフカが小説の主人公を私ではなく彼とすることで、作家としての自由を得たと書いている。それは、彼とすることで作家と物語との距離を保つことができるからといえよう。

書き手が物語との距離を保つこと、その距離があってこそ、必然的に、物語とは何か、言葉とは何か、書くとは何か、などの問いが生まれてくる。問いかけることによって、問いかける対象、および問いかける主体の存在が顕になり、結果、自己なる主体、自己なる物語を解体・回収することになる。文学とは、書き手と物語の関係性への問いかけだといっても過言ではない。その関係性は、一定することなく、つねに変貌し、揺らぎ、新たな発見を伴うだろう。そして、その関係性は、書き続けることでしか生まれない。書き続けることこそ、問い続けることであり、自らのうちに新しい物語を見つけ、紡いでいくことに他ならない。ブランショは作家が自分は何を書くのかをわかっていれば書く必要はないといっている。当然のことなのだが、得てして作家の忘れがちなことだ。

確かに、物語の全体像が見えていれば、書く必要はない。

誰もが物語を持ってはいるが、独自の文体を持つことは難しい。書き手と自らの物語との関係性を摑めてなければ、関係性について問いかける場がなければ、文体は生まれないからだ。関係性への問いかけとは、言葉への問いかけでもある。「私」を成り立たせている物語群、物語を成り立たせている言葉、それらの言葉が広げてくれる世界、それらへの問いかけ。だが、言葉が見せてくれる世界を、言葉によって解体・回収することは可能なのか。古井由吉は次のように書く。

表現とはおそらく不能をそのまま能に転ずることによってのみ成り立つ。それは、表わせないものをなおかつ表わすという、それ自体矛盾した行為なのだ。どんなに微に入り細をうがった表現でも、どんなに明快な表現でも、所詮は直接の表現ではなくて、表現の無力さについての表現であり、言葉にならないもどかしさを叫ぶ声や、良きにつけ悪しきにつけ言葉への絶望から歌う声が、もっともなまなましい表現となる。

※古井由吉『表現ということ』

なまじ知っていることが、知ることを妨げる、ということはあるんだな、と山本がまた言った。そうなんだ、それで明白な間違いにも気がつかずにいる、と吉沢は返事していた。ほんとうは知っているので、いつまでも悟らない、と山本は受けた。言葉も事実を塞ぐな、塞いでおいて、偽りの言葉でなければ、結局は開く、いや、すでに開いていることになるのだろうけれど、それをやられると、見えるものも見えなくなる、聞こえるものも聞こえなくなる、と山本は歎くようにした。

※古井由吉『辻』

わたしたちが在るこの世界のありのままを、言葉で表現はできない。古井は、できないと絶望することから表現しようとすることが文学の行為になるといっている。対して、戦後アメリカのビートジェネレーションの作家たち、ポロックなどアクションペインティングの画家たちなどは、絶望する代わりに、混沌の闇を掻き回すことで混沌そのものを表現した。彼らが、ベケットたちモダニズムの作家の末裔であることは疑う余地はないし、名付けえぬものの表現を目指したことも間違いない。正確に表現するなら、表現するのは「私」という中の名付けえぬものであり、「私」という名付けえぬものなのだが。

ポール・オースターは彼の処女作『孤独の発明』のなかで、物語を紡ぐことの困難を次のように書いている。ちなみに、この作品において、オースターは自分の父親を描くことで自らの孤独を書こうとしている。父という歴史を通じて、自分が抱えている孤独、文学的孤独を探ろうとしている。いい換えると、父なる事実を糸口に、自分の物語を引き出そうとする。しかし、引き出したものが、言葉で表現できないもの、名付けられないものかもしれないという不安にとりつかれている。名付けられないものを自己の裡に発見してしまったのだ。父なる他者、自らの物語の起点を見てしまったのかもしれない。父であること、男であること。いずれY遺伝子が消滅することを思えば、父や男という存在は、人類が夢見た幻想でしかないのかもしれない。

ここ数日、自分が語ろうとしている物語は、実は言語とは両立しえないのではないか、そんな気さえしてきている。おそらく物語が言語に抗えば抗うほど、それは私が何か大切なことを言いうる地点に近づいた証にほかならない。だが、まさに唯一真に大切なことを（かりにそんなものがあるとして）言うべき瞬間に達したとき、私はそれを言うことはできないだろう……そんな気がするのである。

この数行前では、書くことの孤独に言及している。自らの物語の発生点を見ようとしている。その発生点とは、言葉の消滅点でないのかと恐れてもいる。これは、先に引用した古井の文章と異口同音となっている。オースターもまた、カフカ、ベケットの末裔なのだ。因みに、彼は作品の登場人物をカフカに倣いAと名付けている。

自分が何を言いたいのかもわかっているつもりでいる。だが、先へ行けば行くほど、目的地にいたる道などありはしないのだという確信が強まってくる。一歩進もうとするごとに、私は自分で道を切り開かなければならない。ということはつまり、自分がいまどこにいるのか、けっして自信が持てないということだ。同じところをぐるぐる回っているような思い。もと来た道をたえず引き返している感じ。一度にいろんな方向に行こうとしている気分。かりに、いくらなりとも前進できたとしても、それが自分のめざしているつもりの方向に近づく前進なのかどうか、まるで確信が持てない。

※ポール・オースター／柴田元幸訳『孤独の発明・見えない人間の肖像』新潮社

彼もまた、名付けられないものへの執拗な接近を描いている。決して辿り着けない接近の困難を探っている。到達しえぬ生、到達しえぬ死、到達しえぬ性を辿るしかないという、焦燥と性急と諦念を背負わされる。物語の起点に言葉にならないものを思うオースターは、物語とは物語れぬものを含んでいるといっている。物語の中心には名付けえぬものが存在する。それは、宇宙の中心にブラックホールが存在するようにだ。そして、その名付けえぬものが、世界を、言葉を動かしている。

※話題の量子コンピュータの情報を読んでいると、名付けえぬものを名付けえぬままに計算することに近いものを感じた。量子の重ね合わせという相対を、相対のままに関係づけによって決定していくことで未知の世界が現れてくるという興奮は、大いに期待できると考える。量子コンピュータは、言葉や数字では表現できない新たな世界を見せてくれるかもしれない。

◆古井由吉「槿」の文体について

以後、古井の作品を取りあげ、彼の文体を通して、具体的に文体とは何かを考えてみようと思う。古井は日本では珍しいモダニズム文学の後継者だと考える。ブロッホ、ムージルの研究者であるとともに、つねに作家として書くとは何か？　を問い続けてきたし、小説とは何か？　への答えを具現化しようとしてきた。その意味で、文体に解体／回収の働きを課している。彼はそのことを「言葉というものは（中略）のべつ束ね、のべつこぼれるものである※」と表現している。

一般に解体する文章の特徴は、微分的であるといって良い。先のオースターの引用と同様に、カフカ、ベケットの文章を読めば納得できるはずだが、対象を繰り返し腑分けしていくような表現、追い求めた細部が全体を顕すかのような微細な構成、肯定と否定の並列、曖昧さ、躊躇い、つねに振り返り、振り返る度に景色が変わっていくような表現が際立つ。古井の文章も例外ではなく、文体の芯になるような表現＝物語が、主旋律として何度も変奏される。

古井由吉は著作『書く、読む、生きる』において、養老孟司から聞いた話ということで、次のように紹介している。論理的言語は直列的に処理されるが、人間の頭には事象や物事は並列的・同時的に入ってくるし、そのように発現される。当然、表現としては並列的に表したいのだが、言葉の伝達、言葉の構成として、直列に従うしかない。実体としての外部＝世界は直列的な配置でなく、あえていえば並列的存在に近い。正確にいうと並列的でもなくて区切りのない全体的なもので、われわれには部分の集合としてしか認識できない。認識という作業が、言語および視覚に頼ると直列的になりがちだ。それを並列的な表現とするためには、結局、肯定と否定の並列、微妙な変化を伴った繰り返し、曖昧さ、躊躇いの強調がなされるのだろう。

※時に夢想するのだが、言葉をコミュニケーション手段としない異星人がいたとして、彼らは論理や気持ちをブロックごと、並列同時的な伝達方法を備えていたとしたら、時間的にも内容的にも遥かに優れた理解方法を実現できるのだろう。果たして、ＡＩにそのような能力を持たせることはできないのだろうか？

古井作品の登場人物は多くが健康を欠いている。いうならば肉体が解体している状態だ。病んだ肉体の感覚は受動的であり、平常を外しており、極度に過敏になって、何処かつねに不安を感じている。不健康とは、肉体に健康なる言葉を押し付けられ、生なる情態を気づかせるためにあるかのようにも感じる。健康であっては、肉体への気づきが薄いが、不健康な時には、病むという言葉に常時脅されているようだ。古井の文体は、負の部分から、肉体的納得を意識し基点としている。それは、死を知らしめ、人は何時でも死に至る過程にあると訴えていることでもあるのか。死に至る生、そんな幻想を抱くこととは何か。その反面とは永遠の生を願望することであり、その手段として、健康を、病でさえ、死を忘却するための隠蔽工作として利用することなのかもしれない。死は決して体験できるものではなく、思い描くものに留まる。だから、「仮往生伝試文」のように、死に近づくために仮死の体験を、手を替え品を替え繰り返し表現するしかないのだ。だが、死は、陽炎のように近づけば逃げていく。

以下の引用は、古井由吉の代表作「槿」の巻頭部分である。描写は、少年の弱った肉体感覚をなぞるようにして綴られる。脆く崩れるような体感は、朝まだきの庭の小景に散逸するのだが、生々しい色彩と匂いにつられ、下腹の疼きへと閉じていく。

腹を下して朝顔の花を眺めた。十歳を越した頃だった。厠の外に咲いていたのではない。寝冷えをしたのか、明け方近くにうなされて目をひらいた。膝が汗ばんでいた。親たちの床の間から足音を忍ばせて暗い廊下をつたって幾度も厠に通った。ただ渋るばかりになり困り果て長いこと布団の中で息をひそめていた。そのうちに夜が白んで疼きも間遠に、心地よい萎えにかわり、うつらとしかけたとき、何を苦しがってか雨戸を一枚だけ開けて庭へ出た。

薄霧がこめて地にしっとりと露が降りていた。濡れた草のにおいが線香の匂いと似ていると思った。縁先の鉢植えの前に尻を垂れて初めは花を見てもいなかった。ただ腹の内を測っていた。おさまっているのがかえってあやうく感じられた。小児にとって夏場の死はまず腹の内にあった。熱っぽい素肌に朝じめりの涼けがつらいほどに快い。その快さがまた疫痢か何かを誘う、身の毒と戒められていた。

やがてぽっかりと白い、あまりにもみずみずしくて刻々と腐れていくような花の輪に引きこまれた。それだけの記憶だ。しばらくは立ち上がれず、萎えた膝の上に薄くなった腹を押しつけて眺めていた。

しかし四十を越した杉尾の眉間の奥に、ある日、あの朝鼻を近づけて嗅いだわけでもない花弁の、色に似合わず青く粘る臭気がひろがった。たちまち身の内に満ちるとやがて草も露も、炊き立ての飯も汁も浅漬けも、そして人の肌までも同じく青く粘る精に染まった。粘りながらやはりどこか線香の鋭さを含んでいた。暗い糞壺の底にほの白く蠢き湧き返っていた、蛆どもの生命まで、思い浮かべていた。あの朝、十歳の小児が梅雨に濡れて、自分は生き存えられないような体感を抱え込んで股間には重苦しい力を溜めていた。

※古井由吉『槿』福武書店

最初の「腹を下して」から、四段落目の「眺めていた」までが少年時の記憶であり、この小説が内包する物語となっており、次の段落である「しかし四十」からは、主人公である杉尾が登場して物語を拾い、小説として展開する。解体した幼い記憶の断片を拾いながら、これまで生きながらえた時間を回収していくかのようだ。つまり、作品冒頭の物語は、わたしが巻頭で引用したムージルの言葉「道の真ん中で一頭の牝牛が輝いた」に相当して、この小説においての起立点となる。

「槿」の前作である「山躁賦」と比較すると、この作品が冒頭の物語を起点として書かれているかがわかる。「山躁賦」は作家が実際に登った山およびその山域の伝承、何よりも実際の登山体験が下敷きにある。だが、「槿」は、この冒頭の文章のみがその起点なのである。「槿」は、冒頭の短い物語を幾層にも敷衍していった小説だといって良いだろう。それ故にこそ、古井の作品の中でも文体の力が最も発揮された作品だといえる。わたしは物語と書いたが、ここには明らかに文体があるため、正しくは物語とは呼べず、「槿」という小説に内包された物語部分としてのみ機能している。

この物語部分においては、書き手の視線は低く、地面に近く、地表に漂う草木の精気が鼻をつき、じめじめと湿気ており、光を含んだ朝露や朝靄が発する何かに共鳴し、腰を落とした姿勢で微熱にふらつくような文章になっている。肉体の危うさは視覚より嗅覚、聴覚の方が親和性が高いようだ。作家はつねに視覚を疑う。自らの脆弱な肉体を確かめるような頼りのない表現となっており、低い視点、粘質な嗅覚、熱を帯びた皮膚が身体の芯に凭れかかっている。どこでも良いのだが、例えば、杉尾が旅立ちの折に地下鉄の悪臭と糜爛した生暖かさの中に、沈丁花と雪の香りを嗅ぎ取ってしまう場面は冒頭の少年の記憶に繋がっている。そんな脆い主体の感覚は、古井の文体の特色であり、殊にこの作品において顕著であるといえよう。付言すると、書くために書くとき、作家は自分の肉体を基点とするが、古井は肉体の危うさ、脆さ、曖昧さに頼ることとなる。主体が曖昧に、脆弱になればなるほど文体が際立つからだ。このことは、古井由吉の作品全般にいえる。

冒頭の数行、視覚を肉体が吸収して、嗅覚とともに体内に落とし込んでいくような形式（スタイル）は古井の文体を早々に特徴づける。さらに注目したいのは、次の段落の文頭のしかしであり、英文のBUTを意識したのか、否定よりも強調の意味が近い。このしかしで、前述の少年時の記憶が屈折を持ち、幾度も反射反転していくような古井独自の文体を成す。※1 反射反転とは、ベケットを引合に出すまでもなく、まさに解体の結果でしかない。何本もの皹が入った鏡面を覗くような効果を持つ。ここでは、十歳の小児が自らの記憶の断片を両掌に乗せて差し出している。時制は夜と朝の間であり、ランボーの時間だといったら読み過ぎだろうか。※2 その朝まだきに下腹を抱えた少児が白い花の匂いに気を迷わせる――以後、この肉体感覚がこの小説の芯となり、通奏低音として作品全体に響いていく。

次の段落、飲み仲間との三白眼の女についての会話の後に、「誰かが欠伸をついた。杉尾は露じめりの上に尻を低く垂れる心地で、小鉢の上からたじろがぬ笑みが、何とはなしに幽く、またふくらむのを眺めた」という文章が先の「膝の上に薄くなった腹を押しつけて」という表現に呼応して、その次の献血ルームの文章へと受け継がれていく。

※1 屈折や反転の多用は、とくに短編集『辻』において、夢の夢、その記憶の夢というように時間の解体として用いられている。

※2 夏、朝の四時、愛の睡りはまださめぬ、木立には、祭りの夜の臭ひが立ちまよふ。（ランボオ『地獄の季節』小林秀雄訳）。この時間を写真家上田義彦は森の写真で映像化している。影も日向も均等に浮き上がり淡く儚い。まさに、この時間でしか得られない美しさを、幸運にも眼にできる。

白々と明けていく時間と白い朝顔の花、白い蛆虫、三白眼、献血ルームの白い壁と白のイメージが連鎖する。意識が白く発光し、言葉の意味が薄れていく。後にこれらの白に対して喪服の黒が引き出される。さらには、後半の病んだ石山の言葉として表現される、「白く輝くところそれが必然というもの」に行きつき、そこでひとは自由になるという「白」に結束する。所謂、記憶の物語化を示している。もしくは、冥界・天国が光ある場所として表現されることに繋がるともいえる。さらに、象徴的なのだが、文字を支える紙面の白であり、書かれることを待つ紙面の白なのかもしれない。そう考えると、書く行為とは、冥界への記述と言い換えられるのか。

次に、杉尾が献血ルームで井手伊子と出会い、後日ともに酒を飲み、酔った彼女を送るところから物語が再度始まる。とくに酔った井手を背負う場面、「女を背負ったのは、これが初めてか、と杉尾は首をかしげた」から「腰にぺたりと貼りついた下腹の平たさが、寝るよりもあらわに、あわれに、女を感じさせた」まで、冒頭の「萎えた膝の上に薄くなった腹を押しつけて眺めていた」に再び呼応していくのだ。

この一節において、まさに作家自らが紡いだ物語を、少年のように下腹に溜め込んだ物語を、薄い腹の女のようにふらふらと背負って歩いているような象徴的な表現となっている。青く粘る精を意識した粘度の高い文体。摑もうとすると形を喪い指の間から漏れ出ていくような文体だ。だから、背負うしかない。背負ったものを、背中の頼りない感覚でしか意識できないのだ。

井手との物語はとくにこの物語部分をさらに増幅させていく。井手の部屋において彼女は浴衣姿で杉尾に身を捧げようとするが、拒む杉尾に「せめて何か持っていってください」と哀願する。仕方なく、杉尾は朝顔の鉢を持ち帰るのだが、途中の生垣に置いてきてしまう。この物語の構図は、誰もが感じるだろうが、鶴の恩返しである。朝顔の鉢は、鶴が羽を織った反物であり、竜宮城の玉手箱でもあったのかもしれない。物語の中の物語としての入子細工が施してあり、小説巻頭の朝顔の記憶から引き継がれた物語となっている。このお礼の気持ちである鉢を捨ててしまう杉尾の罪悪感は、それは井手伊子との物語を否定する罪の意識ともなって、この後の小説全体を覆っている。とくに、背負った井手から、女が眠っているうちに犯され、あとで知らないようなことはあるのかと尋ねられる箇所は、杉尾の罪悪感の確認でしかない。そして、この突きつけられた疑念と罪の意識は次の女＝萱島國子に引き継がれていく。井手伊子と萱島國子は、この小説の主体に対する他者である。他者であると同時に、文体にとっての偶然となっている。反面、同性の石山や森沢などは杉尾の自己拡張であり反復・複製でしかない。井手、萱島は、名付けられぬもの、他者として描かれている。その他者との関係づけの圧迫＝確認＝強調こそ杉尾の罪悪感であり、書く者として作家古井自身が陥った罪悪感であり、古井の作品に共通して呪縛のように取り憑いている。書くことの罪悪、罪悪を形象化した女たち。そして、彼女たちを描くには、主体は解体するしかない。

他者である井手と國子を描く視点は、冒頭の朝顔を眺める少年の視点になっている。「あまりにもみずみずしくて刻々と腐れていく」女たちは最後まで謎であり、ありのままを受け止めるしかない。これは、先に引用したポール・オースターが書く「自分が語ろうとしている物語は、実は言語とは両立しえないのではないか」という疎外感、書き得ないものを書いている、自分こそ他者ではないかという怯えに通じる。それ故にだろうか、小説の最後で、作家は謎解きのように辻褄を合わせようとするのだが、決して謎解きになってはなく、読者は納得できないままに放置される。この辻褄合わせに、古井という作家が突如現れたように思え、何処か慌てふためいているようにさえ感じ、わたしはこの出現を余分と思う。連載という重荷ゆえの辻褄合わせだったのだろうかとも推察してしまう。

「槿」という作品は、杉尾に対して、井手、國子、女将、森沢、石山、彼らそれぞれの物語を押し付けるような形で語られ、それを杉尾が了承するかどうかの葛藤を描いた小説だといって良いだろう。聞かされた物語は、妄想か真実かは判然としない。妄想か真実かの選別がつかないこととは、現在（いま）／此処（ここ）という肉体的納得が欠けているからといって良い。だが、彼女たち、彼らから語られた以上、各々の物語として在り、たとえ拒もうとも、否、拒むゆえに、杉尾の中で生き続け、杉尾の物語として変容し形成されていく（小説内の会話が電話を通したものが多いことも特徴づけている。語る者の顔が見えない会話）。章が進むにつれ益々曖昧になっていき、杉尾も読者も、言葉のままを受け止めるしかない。以前、文学とは主体と物語の関係性への問いかけだと書いた。この作品は、まさに杉尾なる主体と各々の物語との関係性への問いかけとして成り立っている。同様に、小説が妄想の一形態であるとするなら、読者も、杉尾に倣って、彼らの物語＝妄想をすべからく引き受けざるを得ない。


「ほかに何か言ってなかったか、まったくの妄想でもなさそうだな」

「そうなの、人の、影がそこまで来てるんだわ」

「影ではな、どうにでも取れる」

「雰囲気まで一変したら」

「顔を見ているのではないか」

「見たらおしまいよ。壊れてしまう、身体も記憶も」

「それでは何があるんだ」

「場所があるんだわ」

「自分の部屋ではないのか」

「何かが見える、物、らしいの。壺のような花瓶のような。ほかの場所でも起こるの」

「何が起こるんだ」

「かたくなるの、空気が。静かになって、せまってくるの。なだれてきて、よけいに静かになる。その、物を中心として」

「顔はないのか、顔は」

「目つきはある。部屋に入ってくる。その、物の表情がまず恐くなるの。壁掛けだか、天井の桟だか、染みだか……」

※古井由吉『槿』

小説後半における、國子からの電話の後で交わされた、井手と杉尾の会話である。お互い向き合っても見つめ合ってもいない。これは、記憶が物語化する一過程を描写している。言葉が場所を生み出し、イメージを成していく過程が良くわかる。特に注目したいのは、顔、読み取るべき表情を否定する、つまり、言葉を否定してイメージを優先していることだ。

古井は、「槿」において、記憶が物語となる過程を描きたかったのかもしれない。井手、國子、女将、森沢それぞれの語りが、杉尾の中で、つまりこの作品の中で、胎児に骨格が形成されるように、物語として固定していく様子を描きたかったのかもしれない。だから、「かたくなるの、空気が。静かになって、せまってくるの。なだれてきて、よけいに静かになる。その、物を中心として」「顔はないのか、顔は」「目つきはある。部屋に入ってくる。その、物の表情がまず恐くなるの。壁掛けだか、天井の桟だか、染みだか……」とは、まさにこの作品の基点として、「槿」巻頭の物語部分と重なり、書き続ける起点としても説明できる。

古井由吉が全身全霊を預けたときの文体は、夢も現もなく、文章だけがくっきりと立ち上がっている。それこそが文体の力であり、回収されていく文体の振る舞いであり、それは、ひたすら自らの物語と会話し、書くために書いているからだろう。彼は次のように記す。

作家はいずれどこかで、白紙に向かうようにして、描写の要請に立ち向かうところに来る。むろん誰が要請するわけでもなく、ほかならぬ自分の書きすすめてきた小説が要請するからだ。

※古井由吉「表現ということ」

自ら記した文章こそが書くことを強いる、といっている。根拠なき言葉を根拠とする危うさ、闇を手探りで歩む頼りなさは、古井の文体においてもとより顕になっている。すなわち、古井由吉の文学とは、文学すること、書くという自縛＝原罪を担ってしまった文学といえる。つねに問い続けること、ときには、文学から逃げようとする背中が見え隠れもする。その逃亡先は、大半は自らの物語なのだが、ときに八代集のような古典だったり獨逸文学だったりもする。だが、その逃亡が逆に接近となってしまう場合が多い。逃げて、離れて、遠景を確保するのだが、決して叶わない。文学は影のように作家に付き纏う。円環を廻る鬼ごっこのようだ。追っ手がいつの間にか逃げ手に変わっている。忘れようとするのだが、忘却が期待へと裏返ってしまう。そんな文学そのものが持つ罠に陥った文学なのである。作家は「槿」以降、このような書き方を辞めるといっているが、決して逃れることはできなかった。古井はカフカ以降の世界文学の地平に佇む位置を保ち続けていたが、自己の物語をさらに徹底すれば、ブロッホ、ムジールの後継と呼ばれたのかもしれない。

先を行く影は一歩ずつ、いよいよ境を踰える足取りで踏みしめながら、わずかも遠ざからない。この時間を一気に過ぎさせようとして、かえって留めている。それにつれて深い既知感に捉えられ、反復にうなされる。踏み出すたびに、行為はとうに済んだ跡となって背後へまわる。

※古井由吉『辻』「受胎」

夢の中の温泉旅館で人影を追いかける場面だ。ここでいう深い既知感、すなわち自らの記憶の根幹となるような物語の原型に頼って、古井は書き続けていく。だから、反復と繰り返しを免れることはない。この踏み出し、この行為こそ、書くことの意味を顕にしている。そこでは、書く行為は物語の原型に近く、既に書いてしまったものと意識されている。

時に、稀にではあるが、作家の書こうという意思と描写する歩みが幸福にも重なる瞬間がある。それを、先に引用した「表現ということ」でこのように書いている。「対象をいきいきと思い浮かべようとすることと、それを綿密に描こうとすることとが、相前後してではなく、相携えて行われる。描きながら、描く対象を生み出していく、というところがあるのだ」。

その呼吸が重なったような感覚は、以下の文章に窺える。

曖昧な辻があった。行くにつれて三つ辻にも四つ辻にも、それ以上の路が合わさっているようにも見えてくる。後にしたはずの辻が、また前に現われる。空はいまにもまた降り出しそうにかぶさったかと思うとふいに抜ける。抜けたかと思うとまた塞がる。光の変わるたびにまた知らぬ辻へ差しかかる。これもすべてあくまでも平常だ、それでいて一回限りに際立って、そこにある。ところが見ているはずの自分がいない、その辻にも、それが見えている現在にも、どこにもいない。

※古井由吉『辻』「半日の花」

書く主体が物語に隠れていく。書く行為、書くという選択そのままが綴られている。主体が自ら紡いだ物語に吸収されてしまう。書きつける文字に意識を集中させると同時に、ふっと緩め、四方に張り巡らし、拡散させていく作家の息遣いを感じとることができるだろう。小説と物語との幸福な交換作業。書き手の呼吸が文体に吸い込まれていく。書きつけた言葉に書き手が誘われ、物語そのものとなり、さらに書き綴っていく。主体が物語に吸収される度に、主体は瞬時、姿を見せる。これは、古井由吉の文体の、作品の特筆すべき点だと思う。

たずねる閑もなかった。女が離れて部屋を出て行けば、すぐに後を追うと女の何かが壊れるような恐れがして間を置くくせに、女の姿の見えなくなった階下を、早く見つけたい一心で探しまわる。女にもたれこまれて畳の上に横になれば、なぜこの部屋でなくてはならないのかという怪しみも失せる。そのつど、初めてになる。初めて身体を合わせると、見馴れた部屋も見馴れなくなり、そのけわしい表情に追いつめられて、もう触れている相手の身体をさらに求める。その底からまた、それとは逆によくよく知った、死ぬほど見馴れた部屋に舞い戻ってまた抱きあっている暗さが、つながった身体から湧いて、ここしかないのだ、自分たちはここでしか交われないのだ、と因果めいた哀しみが起こる。

※古井由吉『野川』「紫の蔓」

文脈や意図を探ろうとするとすぐに躱されるので、読者はこの文章をそのまま受け止めるしかない。これ以上の、これ以下の意味を、読み取ることの出来ない文体なのだ。わたしには、女とのやり取りを書く行為そのものとしか受け取れない。書くことと、想像することの相剋。それ故に、つねに唯一であり、つねに新しい。

古井の文章は、世界を分節化し解体する。彼の言葉でいえば、束ね、こぼしているのだ。次の文章が「どこまで来てしまったのだろう」と書くように、主体の存在が絶え間なく脅かされている。書くためにだけ書いている文章の特徴だ。書き進めるだけ進めて立ち止まり、我に帰ると何処ここにいるのか不安に陥る。そこには言葉だけがあり、現も夢もほとんど曖昧だ。

古井の文体の勁さは、現と夢、実と虚、過去と未来、私とあなたの区別を吸収してしまう。文体=主体においては、すべてが等価なのだ。

朝食の後で二人で散歩に出かけ、溝川（とぶがわ）を溯ってどこまでも歩いた末に、もう市街地の場末のようなところの、傾いた赤い日のわずかに差す小さな公園に足を停めて、どこまで来てしまったのだろう、と顔を見合わせたような、そんな記憶の動きかけることもあったが、宗子の部屋の近間に川はなかった。半年の間、二人で散歩に出たこともない。

※古井由吉『辻』「受胎」

言葉は他者との同意契約なくしては成り立たない。ならばと、疑念が過ぎる。他者と同様に、自己と書き手本人との同意が揺らいだなら、どうなるのか。書くという行為にあっては、つまり書き手にとっては、他者も自己も同等で在るはずだ。その問いかけは、カフカ、ジョイス以降、モダニズムの作家たちが反芻つづけたものであり、現代文学の中核となって来たと断言できる。他者との折り合いは、自己との折り合いでもあるからだ。古井の作品もつねにその疑問を突きつけてくる。とくに作品「槿」においては、その疑念そのものがモチーフとなっている。果たして書き手＝主体は同一なのか、他者の物語、自己の物語に耳を傾け、受け入れるとは如何なることなのか。「槿」の前作「山躁賦」において、山歩きの歩調に従い風景を綴り、伝承や古典に嬉々として身を委ねた文章と比較すると、明らかに違う。

そのような問いかけは、作家ごとに、作品ごとに、多様に変化し更新していくだろう。ただし、記述された言葉だけは、つまりは作品だけは残っていく。自己との同意とは、果たして妥協なのか、妄想なのか。問い続けること、それは自己と他者の合わせ鏡を設定することで、作品に主体が紛れ、主体が消え去り、消え去ることで顕になる表現、それこそが古井由吉の文体が目指すものと考える。同じことを、エマニュエル・レヴィナスは著書『モーリス・ブランショ』において、言外のものは無力であり、無力さゆえに、最初の発語の表現を無限に更新するしかないといっている。

他なるものは同一的なるものの反復にすぎない。だから他の話し声は、たとえ別の声のように聞こえようとも、最初の声の反響にすぎないのだ。理不尽な話だが、かりに意識を手放そうとも、意識はおのれ自身からは解放されないのである。異常なもの、つまり馴れ親しんだものの外部にあるものはなにひとつ出現しない。言語はそれが最初に発動されたときの条件をひたすら守り続けなければならない。言語が外部をめざそうとする運動は、言語が発した最初の語が含意する拘束と、あらたに発語されるたびにひそかに更新される拘束によってどこまでも無力化されている。神はこの世界から姿を隠したという考え方も、神は死んだという考え方も、いずれも、無限のヴァリエーションを通じて増殖し、拡大してゆくこの単調性をおそらくは表している。それゆえ自我はおのれの自己同一性のうちに安んじていることができないのだ。

※エマニュエル・レヴィナス／内田樹訳『モーリス・ブランショ』国文社

わたしたち各々の生が、死へ至る存在として在るように、死を確認するため、すなわち自らの存在を認めるために、わたしたちは文学という死の空間へ向かって発語する作業を、絶えず更新・反復するしかない。この更新・反復こそ、文学の力であり、世界文学全体への同意共感ではないかと思う。

どんな言葉にも、物語にも、ましてや小説には何の根拠もない。あるのは、「私」が現在（いま）／此処（ここ）に在る、そして死に至る存在であるという危うい確信と、今ここに書きつけた泥道に残る足跡のような文章だけだ。それはレヴィナスが書くように、最初の声の反響として、反復、および更新される拘束によってどこまでも無力化されていくのだろう。それは、醒めない夢の出口を探ることに似ている。シーツに潜り込んだ子供が出口を見失いもがいているあの頼りなさがそこにはある。その感覚は、古井の文体に顕著で、到達しえぬ生、辿りつかぬ死、合い交わることのない性、そして手を伸ばせば逃げていく聖を巡るしかない、そのような焦燥と性急と諦めに迫られている。否、その性急さと焦燥、そして諦念こそが文学だと居直るしかないのかもしれない。書くために書くとき、作家は現在（いま）／此処（ここ）という自らの肉体を基点とするのだが、古井は肉体の危うさ、脆さ、曖昧さという負の場に紛れ込む。最後に、そこは限界であり、起点ともなりうるということをあらためて付言しておく。被投的投企なる言葉を思い起こす。書くとは、まさに、その実存的状況の二重性、実存の相対的な表現そのものなのだ。

銀河系規模の星雲が数千億個もあるとされているこの宇宙、この実体世界を構成しているすべての素粒子を一塊にまとめると、たったリンゴ一個分くらいにしかならないらしい。つまりは、この世界を成しているのは、素粒子を結ぶ関係だといえる。素粒子の視点から眺めるこの世界は、すかすかの隙間だらけの空間であるし、そんな世界が人体から宇宙までの実体をなし、それぞれの規則によって動いていることの不思議を思う。その関係が悲しみや喜びをこさえていると考えると、奇跡というしかない。ロヴェッリが書いたように世界は関係でできており、言葉がその関係の証となっているのは確かだ。人間が特権的存在であるならば、それは言葉を持つという根拠にある。言葉があるから、美を感じ、愛を求め、真理を追求し、存在そのものを考察できる。文学も、思想も、アートも、音楽も、その関係へのアプローチであり、創造の場を新しい関係の発見に置く。最後にもう一度、寺山の言葉を思い起こそう。「新鮮なものは言葉の組み合わせだけなんだ。新しい言葉の組み合わせを探すしかないのよ」。

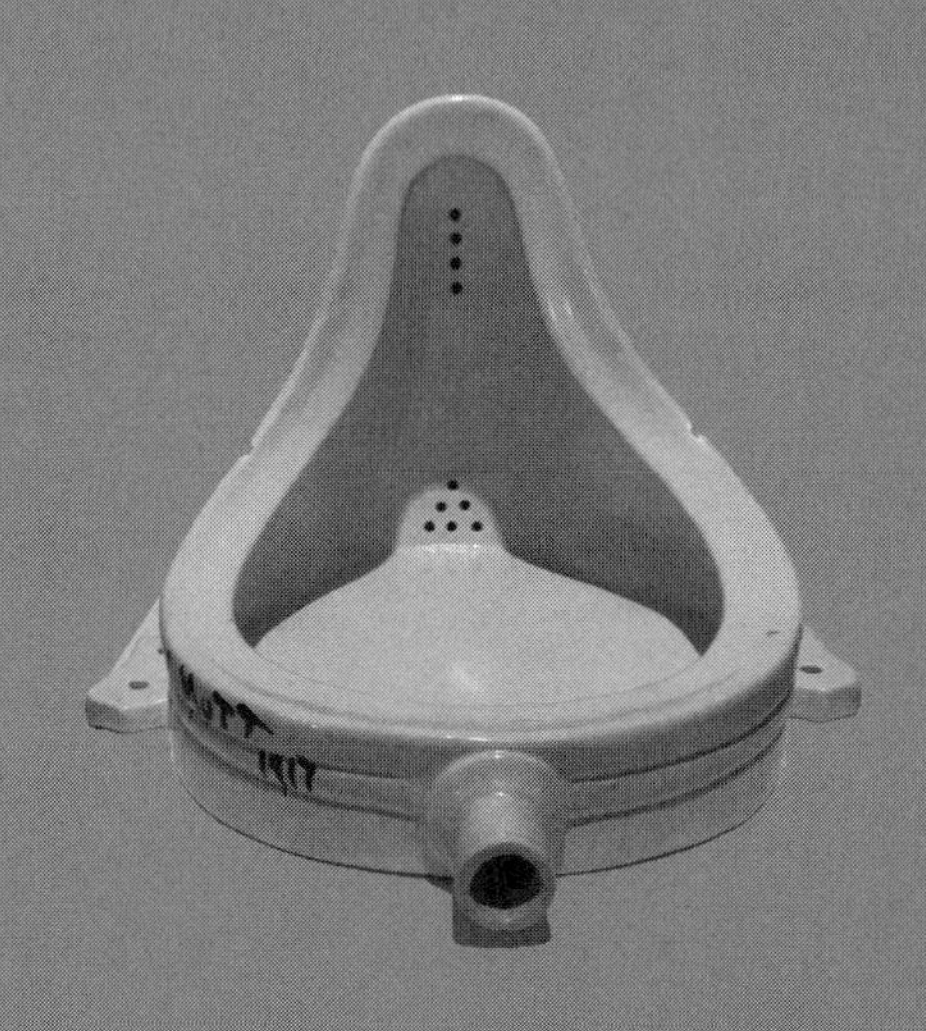

京都国立近代美術館蔵「マルセル・デュシャン　泉または噴水」

デュシャンを曲がり損ねた現代アート

◇あいちトリエンナーレ騒動

２０１９年「あいちトリエンナーレ」の騒動は起こるべくして起こった。トリエンナーレの一企画として「表現の不自由展・その後」を開催、慰安婦を象徴する「平和の少女像」の展示、昭和天皇の写真をコラージュした作品が燃える「大浦信行・遠近を抱えて」の映写など3点に対して、脅迫や抗議などが殺到した。そのため、「表現の不自由展・その後」の企画は一時中止。その後、愛知県は補助金の交付を拒む。これに対して「表現の自由」への侵害だとしてトリエンナーレの参加アーティストをはじめ多くの人々が声をあげ、社会的な騒動に発展した。

正確にいえば、この騒動の論点は、表現の自由ではなく展示の自由の問題であったし、慰安婦問題を象徴する少女像に限っていえば、アートとして鑑賞されずに、メッセージとして受け止められたと考える。それが政治的なメッセージ、プロパガンダであれば反論反撥があってもやむを得ない。主催者側が有象無象の圧力に屈したのは情けないが、作品展示そのものが表現の自由という論点からは遠く隔たってしまっていた。今回の展示中止に異議を唱える人々は、政治家や脅迫文による表現の弾圧に怒っていた。展示閉鎖の過程だけを読み取れば、確かに表現弾圧ともとれるが、展示企画そのものに問題があったのだ。少女像が政治的なメッセージであるからには、展示に対して政治的な抗議があることは予想できた。それらの抗議への対処方法を用意しておけばこれほどの騒動にはならなかっただろう。それよりも、今回の問題点は、表現の自由ではなく「アートの政治利用」ということなのだ。特定の政治的発言が優先された「平和の少女」像はアートではなく、メッセージでしかない。釜山の日本総領事館前に置かれた少女像は、政治的オブジェクトでしかない。少女像を単なる可愛い少女像として捉えた鑑賞者はいないはずだ。二宮尊徳の逸話を知らなければ、薪を背負った少年像を校庭に建てる意味はないだろう。もし、アートの政治利用を問うなら、もっと違った方法があったはずだ。ソビエト連邦が崩壊した際に、幾つものレーニン像が倒された。あの時に、表現の自由を問うた者はいなかった。これまでの歴史の中で、政治的理由、宗教的理由から倒され破壊された像はどれほどあったろうか。

アートを巧みに活用したナチスの犯罪を我々は決して忘れない。ナチスの記録映画を撮ったレニ・リーフェンシュタールの映像は間違いなく美しく、だからこそアートの政治利用をもう一度考えざるを得ないのだ。政治利用されたアート作品の一つとして、少女像の存在を問いかけるなら、今回の騒動はなかったはずだ。「あいちトリエンナーレ」に展示された少女像は、日本への政治的メッセージでしかなかった。隣人の悪口を近所でいえば、怒られて当然だろう。その時に、言論の自由を盾に口論を始めたら呆れられるに決まっている。アートの政治利用を表現の自由という問題にすり替えては間違いだ。慰安婦問題、天皇制批判を、表現の自由、検閲の問題までに敷衍化してしまったことは反省すべきだ。表現の自由を問うのなら、トリエンナーレにおいての展示物、考察が数も範囲も至らな過ぎた。

少女像の政治的な意味を考えるにあたり、ロダンの「カレーの市民」と比較するには適当でないかもしれないが、ただ一つ明白なのは「カレーの市民」はメッセージである前にアート作品として成立している。

念のためにいっておくが、アート作品がメッセージを発することを否定しているのではない。あらゆるアート作品からメッセージを読み取ることは可能だろうが、アートフェスにおいては、先ずはアートとしての質が問われるべきなのだ。アートの質とメッセージの強度は比例する。メッセージとしてだけ問われた少女像に、作家の存在を感じられなかった。作家という主体を読み取ることができなかった。釜山の日本総領事館前に置かれた少女像に、作家の意図や許可はあったのか？　そして、今回、少女像の展示に反対した人間のほとんどが作品としての少女像を実際に見たことがなかったはずだ。少女像を見ずして反対するとは、作品が一つのメッセージとなってしまっていた証拠でしかない。皮肉にも、少女像をメッセージとして考えれば、今回の騒動はその効果を十二分に果たしたように思われる。

◇メッセージはアートとなりうるのか？

「政治的メッセージはアートとなりうるのか」という疑問が浮かぶ。政治的なメッセージを表現するとしたら、発言する主体の政治的責任が問われるべきだろう。責任を負うからこそメッセージは意味を持つ。

２０１７年「横浜トリエンナーレ」において、中国人アーティスト、アイ・ウェイウェイは「私たちは、すべての境界をなくし、同じ価値を共有し、自分以外の人々の苦悩や悲劇をはじめとする様々な苦難に関わるべき」として、横浜美術館入口の大柱を、レスボス島へ漂着した難民たちが着用した約８００着のライフジャケットで埋め尽くした。また、美術館外壁には難民を救った14艇の救命ボートを並べ窓枠のように展示した。このインスタレーションは、表現として少女像以上に明確なメッセージを作品に託している。少女像と明らかに違うのは、メッセージが作家自身から発せられていることだ。メッセージを発信するに主体が見えていた。政治的な利用、転用はここにはない。さらには、アート作品としての表現力が桁はずれに大きい。無数のライフジャケットが伝える難民の苦悩、受け入れたギリシャ側の協力に胸を打たれる。この作品は、２００９年、ドイツで展開した四川大地震における中国政府の被災者数隠蔽に抗議するインスタレーションのヴァリアントでもあった。ドイツの作品には「この子はこの世界で7年間幸せに過ごした」というメッセージが、被災して亡くなった児童の通学鞄によって美術館の壁面に文字として明確に示されていた。ただ両作品ともに政治的メッセージであることは間違いなかったし、とくに横浜の場合は、作家の意図を知らずに美術館前を通る人々にとって、色とりどりのライフジャケットを何の装飾だろうと疑ったはずだ。作家の意図を知らなければ、それがアートとさえ思わなかっただろう。わたしは政治的メッセージを発信するなら、救い出される難民、および難民キャンプの実情をニュース映像として壁面に流した方がよほど効果的ではないかと考えてしまう。アイの制作意図である「私たちは、すべての境界をなくし、同じ価値を共有し、自分以外の人々の苦悩や悲劇を……」という文面から読み取れるメッセージとライフジャケットによる作品を比べて、言葉と作品の伝達効果の相違を考えてしまう。確かに作品の方が視覚的な記憶として鮮明に残るだろう。だが、言葉で発する方がよほど伝わりやすく誤解も少ない。政治的メッセージであるからには、まずは相対的な政治的効果、政治的判断が問われるべきだ。そのためには、言葉による問いかけの方が誤解も少なく伝わりやすい。作品が自己完結しては意味がない。

アートというカタチで政治的主張を表現することに疑問を持つ。確かに、難民問題への表現・発言は意味のあることだと思う。だが、今日、これほど多様なメディアが存在する中で、政治的表現はアートの目的となり役割になりうるのか、はなはだ疑問だ。アイというアーティストが、共産党独裁の中国を訴え、現地で続けてきたパフォーマンスには敬意を払う。現代の中国という閉鎖状況での表現は世界からの注目を浴びた。彼が自らの肉体で表現するメッセージは衝撃的であり納得できたし、メッセージの浸透力は非常に大きかったと思う。だが、ライフジャケットと救命ボートによる作品は彼の手を離れてしまい、アートフェスを飾る一時的なメッセージ、つまり「難民たちの苦悩と悲劇を共有しよう」という大掛かりなプロパガンダとしてしか理解できなかった。難民問題が抱えるジレンマを、そこには読み取れなかった。

アイの作品が飾られた美術館エントランスを入ると、正面にインドネシアのアーティスト、ジョコ・アヴィアントの竹で編んだ巨大な作品と出会える。インドネシアの工業化によって仕事を奪われた竹細工師たちの手で、日本のしめ縄に呼応するように編まれたインスタレーションだった。失ったインドネシア神話の復活、忘れられた手工業の素晴らしさを表現したいなどと作家は語るが、彼のメッセージよりも遥かに無数の竹が波打つように捻れ結束した作品の存在感は際立った。アイの作品と比べれば、こちらは間違いなくアートだった。この作品に解説など無用だった。作品を見上げる人は誰もが溜息をつき、心動かされたに違いない。想像をこえた手仕事、それを成した膨大な時間がそこに在ることに、畏敬の念さえ覚えた。作品に対して、わたしは制作に携わった人の祈りを感じた。

アイの作品とジョコのそれとの違いは、政治的メッセージが作品の前面に出ているか、後に控えているかの相違だと思う。少女像やライフジャケットの作品は、背景の情報なくして成り立たない。政治的メッセージが先行していた。

そうした意味で、少女像とアイの作品の間に線引きすることは難しいと思う。二作品には、政治的意図の強度、作品の質、その規模に違いはある。だが、その相違は相対的であり、論議は難しい。少女像同様、アイの作品もメッセージの政治的責任を、横浜美術館が作家同様に担うべきなのかが問われる。

同じ難民問題を扱った作品で「あいちトリエンナーレ」に出品されたキャンディス・プレイツの映像作品を大変興味深く受け止めた。彼女の作品は、それぞれに国の違う6人の難民、トランスジェンダーとして差別された6人が難民となって、自らへの抑圧と虐待の過去を滔々と述べるものだった。同時に、別室のスクリーンでは、俳優であるジュリアン・ムーアとアレックス・ボールドウィンが彼ら6人の苦悩を自らに取り込むように独白している。その演技は自然であり、6人のドキュメントから引用した台詞の一つ一つに心動かされる。地域を越えて、個人の苦悩が歴史の苦悩へと結実するようだった。まずは、誰もが6人の告白を通じて、その事実の重さに圧倒されてしまう。そして、俳優二人の演技に表現とは果たして何かを考えさせられる。俳優を通して、他者の苦悩を自分のものとして感じること、それを表現するとはどういうことかを考えさせられる。他者の苦悩を表現することは可能なのか、不可能なのか。次に、名優二人のどれほど素晴らしい演技であっても、6人の体験者の告白なくして伝わるものはないのだと気づく。さらに、観客は6人の体験談をアートとして受け止めるなら、6人の告白が俳優たちの演技同様、作品=虚構ではないのかと疑うに至り、果たして表現とは何か、事実とは何か、情報とは何かがますます曖昧になっていく(6人の告白が事実である根拠は示されていない)。虚と実の曖昧さ、他者の苦悩を表現する困難、そうした意味で、キャンディスの作品は、間違いなくアートとして成立していたと思う。

わたしは、政治的なメッセージを表現の根幹とした場合、それはアートではなくなると考える。「少女像」は、慰安婦問題なくして語ることはできないだろう。勤勉というメッセージを負わされた二宮金次郎の像は、もはやアートではなくなっていた。サインはアートになり得ない。その種の彫像はメッセージの役割がなくなれば取り去られる。少女像も同種である。いつか慰安婦問題が忘れ去られると、少女像は取り払われるのだろう。少なくとも、釜山の日本総領事館前からは消えるはずだ。勤勉という目標を塾にとられた学校から二宮金次郎の像はなくなっていく。対して、ロダンの「カレーの市民」は人間の尊厳、歴史的意味に関わっている表現であり、現在、世界の12の美術館・公共施設に置かれている。観る者の大半はカレーの市民がどのように歴史的な犠牲となったのかを知らず、ロダンの作品として、人間の尊厳を表した作品として鑑賞を続けている。

アートは作品であり、メッセージは発言であり、言葉なのだ。

アート作品とメッセージ、この取り違えの大元はマルセル・デュシャンにある。

いうまでもなく、二十世紀美術の大きな転換点の一つが、デュシャンにあることは間違いない。わたしは、現代アートがこの転換点を曲がり損ねた、と考える。その結果、今回の騒動を含め、現代アートが方向性を失い、今日のアートシーンにおいて何でもありの混迷をもたらしたのだ。これはデュシャンの責任であり、責任ではない。

◇「泉」は、なぜアートとなったのか？

１９１７年「ニューヨーク・アンデパンダン展」に、デュシャンはR.Muttと署名のある小便器を「泉」と題して出品した。作品としての「泉」は主催側に展示を拒まれ、デュシャンは抗議文を送りつけるのだが、作品はその後行方不明となってしまう（わたしはデュシャンが処分したと推測する）。結果、写真一枚だけが残る。後世、「泉」は二十世紀の最も重要な前衛作品として持ち上げられる。しかし、「泉」はどう見ても小便器でしかなかった。真面目くさって小便器を鑑賞する観客を想像してほしい。その図は、どう見ても滑稽でしかない。ダダイズムという潮流の中で「泉」は特権的な地位を得る。視覚的無関心なるデュシャンのメッセージとともに、美術作品としての評価を拒むことで「アートの領域を広げた作品」として認められる。市民革命に、コミュニズムに、人々が変化と改革に新たな夢を抱いていた時代のことだ。その後、ダダイズムは収束し、コミュニズムの夢は忘れ去られるが、記憶としての「泉」は生き残る。「泉」の出品からおよそ十年後に、ハイデガーは「存在と時間」の中で機能を失った道具存在をモノ存在として提示する。そのモノ存在が示す存在の在り方を、網膜的無関係として既に具現化していたと解釈すれば、デュシャンの先見性には舌を巻く。その後、「泉」はメッセージとして一人歩きを始め、デュシャンは現代アートの旗手として祭り上げられるのだ。

「泉」が小便器であって、誰もが美しい機械と認めるだろう時計やミシンではなかったことにも留意してほしい。美を拒むこと、もっといえば小便をひっかけられる道具を作品として提出したことに、デュシャンの悪意を覚えざるをえないだろう。「泉」は問いかけであり、アジテーションであり、メッセージでしかなかった。

改めていう。メッセージは言葉なのだが、作品はアートなる実在であるべきだ。メッセージは作品となりえない、とわたしは考える。メッセージは消費される。伝われば忘れ去られるものだ。作品は消費されるものではない。アートは、言葉と関係はするが言葉ではない。これはアートにおける最低限のルールではないか？　この一線を守らなければアートではなくなる。ヒットを打った打者がバッターボックスから三塁へ向かって走るようなもので、それでは野球にならなくなるだろう。三塁へ向かって走る打者のように、「泉」と手を携え言葉の海に飛び出してしまったアートは行き先を見失った。再度、いっておきたい。言葉はアートではなく、アートは言葉ではない。これを踏み外したら、アートは永遠に彷徨（さまよ）うしかないのだ。

そもそもデュシャンは、アーティストであろうとしたのか？　自分が送り出した作品を彼はアートとして考えていたのか？

アンリ・ルフェーブルは「芸術家とは自己実現を内的欲求および根源的必然と感じる者」とした。いささか古めかしい表現ではあるが、現代でも、大半のアーティストにこの定義の是非を問えば、イエスと答えるだろう。対して、デュシャンはいう。「芸術はその時代の趣味ではない。趣味は喜びの源泉となる。芸術は喜びの源泉ではない。芸術は色のない、趣味のない源泉なのだから」と。デュシャンは芸術における自己実現および美的探求を「趣味」だとして否定し、作家という主体さえをも拒んだ。芸術家でない者として、作品をつくろうと願った。終には、アートではない作品をさえ模索した。デュシャンはアジテーターであり、時に画商であり、時に発明家を目指した。彼が発明展に出品した「ロトレリーフ」は５００セットを製作したが２セットしか売れなかった。アートとして売り出せば完売したろうといわれたが、あくまで発明品にこだわった。デュシャンはアートにこだわったが、アーティストであろうとしたことはなかった。「泉」について、その後、新しモノ好きの批評家は、創造ではなく選択がアートだったのだと理屈づけた。この時点から、アートは創造の手を離れる。言葉の海へ紛れ込む。「泉」をはじめ、デュシャンのレディメイド作品は、従来のアートという概念・制約を取り払った画期的な作品群だと位置づけた。もう一度、「泉」を見てほしい。どう見ても、誰が見ても、小便器にしか見えないだろう。「泉」が発するメッセージはスキャンダラスではあるが、それ以上でも、それ以下でもない。それがアートであり作品だと言い張るなら、裸の王様に平伏することと同じだ。裸の王様が拍手のなかランウェイを歩くファッションショーを想像してしまう。例えば、何処かの文学賞に「便器の取扱説明書」をもって応募する者がいるだろうか。応募を受け付けないと、抗議する者がいるだろうか。

現代アートは、デュシャンを曲がり損ねた。デュシャンという作家の全体像を理解せずに「泉」なるメッセージだけが一人歩きしてしまった。その後、制限を限りなく取り払い自由化したアート市場には、「泉」の後を追うようにメッセージをアートだと勘違いした作品が続々と生まれた。ウォーホルのブリロボックス然り、ダミアン・ハーストの牛然り、ジョセフ・コスースの椅子然り。新しいというニッチだけを求めてアート市場は小粒の作品で溢れ、騒音だらけとなる。巨大な廃物処理場の活況を呈する。そんな喧騒を尻目にデュシャンはチェスに遊び呆けた。言葉はアートではない。コンセプチュアルアートとはアートではないのだ。コンセプチュアルアートとは文書による指示のみで作品とするもので、アートではなく、メッセージでしかない。あたかもプランという実体があるかのように主張するが、そこには言葉しかない。アート・アンド・ランゲージの運動など、まさにその典型だろう。創作物＝作品という具体を持たないメッセージは、アート以前だ。企画書、コンセプトブックだけのアート作品などあり得ない。プロット、粗筋だけの文学作品が認められないことと同意とする。企画書だけの映画は映画作品と認められないのだ。アート作品とは、いまここにある実体でなくてはならない。アートにおける創作とは、基本手仕事であるべきだ。作品を創り上げる過程の様々な葛藤、すなわち人の手による試行および思考なくしてアート作品は成立しないと考える。手という他者、異物、偶然が介入しない芸術は作品にならないからだ。

ジャン・カスーはいう。「芸術家は自分を標準基準として創り上げる作品の中に異質な何かの要素を持ち込もうとする。この異質な何かによって、芸術は自己を啓示する」。つまり、創作の際に頭に浮かぶイメージだけでは作品は成立しない、ということをいっている。例えば、手という他者、創造という偶然、伝統という制約が介入し、それらとの葛藤なくして作品は仕上がらない。ウォーホルのブリロボックスは、デュシャンの泉の後継であるといえるが、ただの模倣ともいえる。メッセージを繰り返したところで、決して独創性は持ち得ない。

創作における葛藤とは、他者、偶然、伝統を開示しようとすることでもある。そうでなくては、他者に伝わる作品は出来ない。つねに自らの中に他者を呼び込む行為、異質な何かを見出す発見、それが創作なのだろう。それでいえば、ブルトンのオートマティスムは、画家が描く作業において既に無意識という他者が担保されており、予め為されている。つまり、オートマティスムにいて、描くとはそもそも無意識・偶然との触れ合いによって実現する。コンセプチュアルアートには、他者との葛藤、偶然との闘争は考えられない。単なるモノの偽装や配置換えはアートではない。

◇アートを拒んだアーティスト

話をデュシャンに戻す。反面教師デュシャンは、最初からアーティストとしての主体を消し去り、他者として世界と関わろうとした。アートでない作品をつくることを目指すとは、アーティストとしての主体を拒むことである。

　衆知のように、何よりもデュシャンは終生チェスプレイヤーであることを望んだ。そのことは、同じような作品を繰り返しつくることを嫌ったことからも理解できる。チェスプレイヤーは同じ手を打つことを嫌う。チェスプレイヤーは何手先をも考えながら勝負する。デュシャンはつねにアート市場を相手に盤を囲んだ。対決ごと、様々に仕掛けることを好んだ。時に遊び駒さえ駆使して、思いつきのように愉しげに駒を動かした。デュシャンはアートという盤上では勝とうとは思わなかった。時間が許す限り、延々と駒を動かすことを望んだのだ。勝敗よりも競技が続くことを願った。決して、チェックメイトとはいわなかった。だが皮肉にも、対戦者のアート市場（批評家アーサー・ダントはアートワールドと呼ぶ）は勝手に駒を投げ、デュシャンにひれ伏すのだった。

　デュシャンの作品はすべて、アートに対する「問いかけ」として提示されている。相手の反応を窺うための「一手」として指されている。決して解けない謎として提出されたのだ。例えば、レディメイドの作品群が投げかけた問いに、評論家は「近代社会における工業生産プロセスと芸術制作プロセスとの連結、視覚的無関心の果てに垣間見えるアンフラマンス〈極薄〉な差異」などと深読みした答えを出し続ける（小便器や自転車の車輪を見ながらそのような文章が浮かぶこと自体が噴飯ものだ）。最初から、デュシャンの問いかけに正解はない。だから、受け手は次々と勝手な答えを用意する。その証拠に、デュシャン解説本のなんと多いことか。デュシャンは、草葉の陰で自分が仕掛けた罠にまんまとはまったアーティスト、評論家たちを見てほくそ笑んでいるに違いない。デュシャンが最期に仕掛けた罠「大ガラス」に対しても、あれこれ勝手な解釈を書き続ける批評家を見て、同様に大ワライしているはずだ。「大ガラス」に正しい解釈などあるはずがない。解釈されてしまったら永遠の謎ではなくなってしまう。カフカは文学への問いを発し続けた。問い続けること、同時に書き続けることを小説という形式において実体化した。だが、デュシャンは思いつきのように問いを問いのままで放ったらかすのだ。

彼の作品「レディメイド」が工業製品の複製化、つまりは商品化というシステムをアートに持ち込んだことは事実だろう。それは拡大解釈され、商業デザインをアートと認めた、とされてしまう（わたしはレディメイドにロートレアモンの詩句「解剖台のミシンと傘の偶然の出会いのように美しい」以上の新しさを認められないのだが）。商業デザインは、商品の販促を条件として、差別化を目的としている。アート本来の目的よりも販売を目的としているからにはアートではない。販促なるメッセージを骨子として、前面に出していることがその理由だ。いかに優れた商品紹介文であっても、宣伝コピーが文学にならないのと同じことだろう。確かにアートの領域までに昇華された商業デザインやファッションデザインがあることを認める。ただ、ブリロボックスにその感動はない。

レディメイドが発した問いかけは、ウォーホルの「ブリロボックス」へと結びつき、ポップアートなるアメリカ製のアート市場を生み出した。販売されることを拒んだ商品はアートとなる、というわけだ。大量生産とアートが結合されたアート資本主義の誕生である。それ故にか、ウォーホルは仕事場をアトリエと呼ばず、ファクトリーと名づけた。資本市場は商品に差異を求める。差異があれば価値が生まれる。模倣でも、複製でも、差異があればアートとして認められる新市場が生まれたのだ。現に「泉」は世界に少なくとも17台のレプリカを持つらしい。アメリカのアート市場は明らかに旧大陸に対する挑戦であり、新たな原動力となった。クレメント・グリーンバーグとグッケンハイムがヨーロッパから奪い取ったアート市場を、ウォーホルが地固めする結果となったのだ。デュシャンを誤読することで、アメリカ製文化であるコマーシャルとディズニーとアメリカンコミックを栄養としながら、アメリカのアート市場はますます活況を帯びる。

ポップアートの精神的支柱と称されたアーサー・ダントは、彼の著書「アートとは何か？」の中で「ハーヴィの段ボール箱（商品としてのブリロボックス）は『生活世界』の一部である。アンディのボックスはそうではない。それは『アート・ワールド』の一部である。ハーヴィのボックスは、そう理解されているように、視覚文化に属しているが、しかしアンディのボックスはハイ・カルチャに属している」と書く。この文章はそのままデュシャンの「泉」に当てはまるだろう。だが、どう見ても、ウォーホルのブリロボックスもデュシャンの「泉」も、単なる洗剤ケースであり小便器でしかない。そして、「アートワールド」も「生活世界」も、わたしたちが生きているこの現実世界なのだ。どこに違いを見つけ出すことができるのだろう。アートワールドと生活世界を切り替えるスイッチが、どこかにあるのだろうか。確かに、アンディのブリロボックスは、商業デザインをアートとして認めたという功績?はあるかもしれない。しかし、商業デザインの流用という意味ではコラージュのほうが先行しているし、デュシャンに倣ってブリロボックスの実物を積み上げたほうが効果的だったのではないか。そうすれば、ダントのような誤解は生まれなかったろうに、とつい思ってしまう。

デュシャンが拒んだものの一つにアートの特権化がある。「アートワールド」なる概念には、皮肉にもそんなアートの特権化を意味していないか。

さらに、「アートワールド」という語彙は、詩的言語という語彙を連想させる。

マラルメは自らの詩集をもとに、消費される日常的言語ではなく詩的言語について言及した。詩を構築する詩的言語を表現しようと試みた。その切り替え装置は、彼の詩の裡に存在する。その装置を見出すために、読者はひたすら忠実に詩を読み解くことだけを求められる。言葉相互の緊張感に身を引き締める必要を迫られる。アートワールドのように、鑑賞者側の意識の切り替えを求めはしない。当たり前だが、それが作品としての役割だからだ。ウォーホルのブリロボックスには、マラルメの詩の昂揚と密度はない。商品の複製以上のものではない。マラルメの詩は唯一であり、読む者すべてに等しく同じ緊張を要求する。ブリロボックスを注視することで、この世界がアートワールドに変身するのだろうか。少なくとも、わたしにはその経験はない。

現在、日常品を組み合わせてインスタレーションと称している作品が多く見られる。路上にあれば単なる廃棄物としか見られないだろうが、美術館にあるから作品として鑑賞される。美術館という空間でしか成立しない作品を、果たしてアートと呼べるのか。

◇聖域化された美術館と特権化された美術市場

今回の「あいちトリエンナーレ」の騒動についても、表現の自由を訴える発言の中に、展示会場や美術館を聖域化したような匂いを感じた。美術館はアートワールドであり、この聖域の内側ではすべての表現は自由であるべきだという意見だ。美術館も都市の一部であり、薬局のウィンドウと公共性という見地では変わりはしない。わたしは美術館や画廊の聖域化、美術マーケットの特権化はなされるべきではない、と思う。それこそ、アートは何一つに束縛されず自由であるべきだ。あえていうなら、優れた作品こそが展示空間を聖域化するのだ。２０１９年の森アーツミュージアムにおける塩田千春のインスタレーション、２０２０年の府中市美術館での青木野枝の彫刻展は美術館という空間を異空間にするほどの力を備えた作品だった。美術空間に寄生する作品ではなく、作品が日常を美術空間へ転移させるほどのエネルギーを発揮した素晴らしい例だった。

蛇足だが、私はバスキア、バンクシーなどの路上アートを認める。この時、この場所という即興性・即時性を感じる。ところが、彼らの作品を美術館、特に立派なオークション会場で見せられると、どうしても違和感を覚えざるを得ない。美術館でしか成立しないインスタレーションとは逆に、路上という環境を選ぶ彼らの作品に野生を感じる。アートそのものの原始を見る。だから、彼らの作品を美術館で見ると動物園のライオンを思い出してしまう。先日のバンクシー作品のシュレッダー騒ぎは、作家自身がそのことを体感し、表現している証拠なのだろう。作品は場を選ぶという証なのだろう。

現在の美術批評において文脈なる言葉が横行している。見渡すと、文脈の解説が美術評論だと勘違いしている批評家が余りに多い。かつて、画家村上隆が自分の作品をヨーロッパの文脈で見て欲しいと語った文章を読んだことがある。ヨーロッパに住む人々のように、あるいは西欧美術史の歴史を持って鑑賞せよと、わたしたち日本人にいっているのか。文脈による歴史的位置付け、アートなる市場における位置付け、などにどのような意味があるのか。そもそも、文脈なんぞで作品を鑑賞するようになったのは何時からだろう。文脈なぞなくても、ピカソはピカソなのだ。文脈とは言葉だ。文脈とは理屈だ。過去の記憶から通時的に紡いだ言葉でしかない。果たして、知識を持たずしてアートを見るなかれ、といっているのか。何でもありの現代アートにおいて、文脈という音声ガイドを持ってギャラリーを廻る客たちをつい想像してしまう。スマホで検索し、音声ガイドで納得する、悩める観客たち。これも、デュシャンを曲がり損ねた結果なのだろうか。

◇近代美術とは何だったのか？

蛇足と承知しているが、確認のためにも、西欧美術の文脈を私なりにおさらいしてみる。

近代絵画はカメラの普及により、写実することの意味を剝奪され、記録という役割を奪われた。かつて家庭の壁面には恭しく肖像画が掛けられていたが、いまや家族写真が所狭しと占めている。写実および記録なる目的を失った絵画は、自らに問うた。果たして「絵画とは何か？」「その存在意義は？」「描くとは何か？」、この問いはマネを端緒にセザンヌ、ピカソを経て、今日にまで引き摺っている。同様に、文学も二十世紀をまたいで、映画やラジオ、さらにはテレビ、新たな媒体、革新的な通信手段、多様な記録装置の出現により、物語ること、書くこと、伝承することの役割が問われ、感動装置としての小説、詩の韻律という機能までも自省された。簡単にいえば競合する物語る媒体が出現したのだ。電信電話の登場がランボーの自由詩を世に出し、日常語を取り入れたマヤコフスキーの詩を生み出し、日本に標準語を普及させ、言文一致体を生み出したのだ。「小説とは何か？」「文学とは何か？」「詩とは何か？」、その問いは自我の発見、モダニズム文学および近代詩の誕生へと繋がる。産業革命、機械文明の敷衍は、芸術および創作活動を根源から揺るがした。アートへの、文学への、音楽への「何か？」は、都市に登場した内燃機関が吐き出す蒸気のようにあっという間に世界中へと広がっていった。コラージュという手法は商業デザインなくしては生まれなかっただろう。このように産業革命の余震がポップアート、現代アートまでに広く深く及んでいるのは間違いない。

カメラの普及が写実主義を排斥し、十九世紀までの絵画史を塗り換えた。面白いのだが、今日のアートに、再び写実の極みともいうべきスーパーリアリズムが台頭してきている。カメラという機能では補足できない質感、情感を、今度は逆に写真をキャンバスに映して描こうとしている作家が登場してきた。伊庭靖子、森本啓太、松川朋奈など、印画紙では表現しきれない情感を画布に定着させようとしている。カメラの限界を知り、絵画と写真の境界を表現することで、あらためて絵画とは何か、写実とは何かを問うている。逆に、写真作品は写実・記録という機能を離れ、感情表現に入り込んだり、文学的な表現を纏うようになってきた。カメラさえあれば誰でも写真を撮れる。プロアマ問わず、シャッターチャンスは誰にでも公平にある。そんな平等さがかえって写真というアートを特別なものにしたような気がする。そのことが、現在、さまざまな表現手段において、最も活況のあるアート環境を形作っているような気もしている。例えば、荒木経惟の写真集「食事」は、荒木自身が食べた毎日の献立を写しているだけなのだが、そこには私小説が到達できない一種の私的リアリズムが表現されているし、鬼海弘雄の人物写真集「PERSONA」から伝わるものは言葉を遥かに越えている個人の在り様だ。また、写すという写真の原点を探ろうとしたホンマタカシのピンホール写真作品も風景に合わせて時間を定着させるという表現を見せてくれた。左内正史の写真集「生きている」はかつてモノ派が到達しようとして出来なかった世界を写し取っている。彼らの作品は、アートとして納得できる変化であり、表現であり、現代アートの正統な未来を感じさせる。

余談だが、人間が自ら生み出した機械が、人間よりも力強く、人間よりも速く、人間よりも正確に、人間よりも寿命を持ち、さらには、ＡＩの進化によって人間よりも賢くなり始めると、人間は我が身を振り返り、自身に問うしかない。「人間って何だろう？」「意識とは何か？」「私とは何だ？」「生きる意味とは何か？」。さらに、人間存在への問いかけは、宇宙存在への問いかけにも結びつく。なぜ、わたしたちは存在するのか？　なぜ、宇宙はあるのか？

時に思うのは、わたしたち人間なる存在は、そのように問いかけるために、宇宙が生みだしたのかもしれない。人間とは、宇宙が自らの意味を求めた問いかけそのものなのかもしれない、と。そうでも思わなければ、人間なる存在がこの宇宙存在に寄与した利点など到底思いつかないではないか。

再び近代に話を戻そう。神を失った人々は、神の代わりに、機械の立場から、科学の側から自分たちを眺め始めた。いわば科学的に、この世界を改めて考え直した。神の目線を科学的に得ること、それは神の国とされる上空からの視線を得ることで、その一つは精密地図の作成へと繋がる。地上という三次元から地図という二次元への置き換えは、絵画に大きな影響を与えたに違いない。地図とは現実世界の抽象化であり、同様に、精密地図の制作と普及は、人類の「世界イメージの統一」に変換される。その結果、人間は視覚的な「世界」を共有することとなり、世界認識の統一が図られ、資本主義、ナショナリズム、グローバリズムの土台となった。地図がなければ、世界大戦は起きない。地図をもとに、人間は自分たちの世界を、自分たちの思想を、自分たちの言葉を、改めて科学の側から観察することになる。それは領域の数値化に結びつき、領土の比較となり、境界の顕在化は醜い争いの原因をつくるのだが、一方、精神面では、世界を可視化・顕在化するとともに、個の発見、個への疑問、実存の思想へと結実する。アートにおいては、精密地図の制作がモンドリアンをはじめとする抽象絵画を生むことにもなった、ともいえる。

世界というイメージの統一は、これまでの神対人間なる構図を、科学対人間、世界対国家、世界対個人という構図に書き直した。世界とは何か、対する私とは何か。神を鑑みて自己を知るのではなく、科学を通して自己を分析するのだ。この世界を、この私を正確に描写するためには何が必要なのか。では、正確さとは何を基準にすれば良いのか。科学的な正確さは果たして存在するのか。その問いかけは、画家、小説家、哲学者までに及ぶ。

今日、地図機能はＧＰＳと組まされて、日常生活から戦場までを支配しようとしている。天上には衛星が溢れ、地上は防犯カメラで満ちている。確実にいえることは、つねに誰かから監視されている社会、つねに誰かを監視している社会が実現してしまった。そのような環境において、改めて個の意味、個の意義を、アートは問いかけるべきだろう。但し、メッセージとしてではなく、芸術表現として訴えるべきだ。

地図制作に代表されるように、科学の発達は視覚の優位をもたらした。百聞は一見にしかず、見えるものが正しいという社会が登場した。写真機に写るものが事実として認められる。顕微鏡から望遠鏡まで、視覚が科学を保証していく。

果たして、見えるものは事実なのか、真実なのか？ その問いは画家に、自らの見るという行為への疑問へと導く。描写とは見ることを基点としている。そうだ、自分は正確に対象を見ているのか。私とあなたは同じ風景を見ているのか。時間変化にある対象をどう捉えるべきなのか。正確に見るとは、一体どのような意味なのか。そもそも見るとはどのような行為なのか。十九世紀から二十世紀初頭にかけて、近代絵画は、この問いから始まったといっても過言ではない。それは絵画とは何かという問いの根幹を占める問いだった。その解答の一つの帰結点がセザンヌだった。

メルロ＝ポンティは彼のセザンヌ論において、セザンヌが描く対象から概念を取り除こうとしたと書く。わたしたちは、わたしたちが見ている世界を、わたしたちに関わる関係や習慣、行動を通じて認知している。セザンヌは、そんな「私」が拡張した世界ではなく、在りのままの自然、すなわち概念や言葉、関係などを取り払った存在を描こうと試みたのだ。

われわれは、人間の手に成るさまざまな品物に囲まれながら、さまざまな道具のあいだや、家や街路や町のなかで生きている。（中略）われわれは、それらを、人間の行動を通して見ているに過ぎないのだ。われわれは、こうしたいっさいが、必然的に存在し、ゆるしがたいものであると考えることに慣れている。セザンヌの絵画は、これらの習慣を定かならぬものとし、人間がその上に置かれている非人間的な自然という根底をあらわにするのである。

（また、セザンヌの発言として次のようにも書いている）。

彼らは絵を作っていたのだが、いまわれわれは、自然の一片を作ろうと試みているんだ。

※木田元編／粟津則雄訳『メルロ＝ポンティ・コレクション 間接言語と沈黙の声』「セザンヌの疑惑」みすず書房

つまり、セザンヌは、わたしたちが日常に見ている山や森や空ではなく、わたしたちが名付ける前の世界を描こうとした。わたしたちは、この世界を私・自己なる存在との関係で了解している。世界を、わたしたちの記憶と関係を通して見ているのだ。すなわち言葉なる概念を通して見ているともいえる。それゆえに、セザンヌは輪郭線を拒む。輪郭とは、人間が作り出した架空の線であり、概念であり、在りのままの世界には存在しない。ゆえに、輪郭は線ではなく色彩面から生まれるべきだとした。輪郭は記憶＝言葉の産物であり、名付けることで生まれた線だといって間違いないだろう。だから、色彩で塊り（マッス）を描くなら自ずと輪郭は生まれるはずだとセザンヌはいったという。

同時期、同じように、フッサールによって、感覚とは何か、経験とは何か、世界とは何かが問われ、存在とは何かが追求されていた。とりわけ見るとは何かという問いは、見る主体である私への問いかけであり、それはリルケの問いへと結びつく。

フッサールは、感覚的直感を超える直感があるとした。それを本質的直感と呼び、知覚対象を超えて諸対象共通の普遍的な本質を取り出して、「原本的に与える」直感とした。同時に、その直感が与える経験を「超越論的経験」として、客観性に先立つ限り、主観的、基盤的なもので、その最下層には、最も基礎的な「原事実」があるとした。この原事実とは、世界は私・他者の存在であり、これらが絡み合って大きな歴史的存在を形作っていると規定している。※

※これは、筆者の言葉でいうと「現在（いま）／此処（ここ）という肉体的納得」であり、文学論「言葉　物語　小説」にて展開しているので参照していただきたい。

フッサールにならっていえば、画家にとっての見るとは、この原本的に与えられた直感を基本として、超越論的経験をもたらすものであり、私・他者という原事実を捉えることを意味している。それは、視覚第一の五感において、この一見の世界、つまり視線を拒むことで、世界の本質に触れ、捉えることであり、メルロ＝ポンティがいう非人間的自然の根底を顕にすることであり、リルケが書く「言う」に近いものだ。
セザンヌの作品に共感したリルケは次のように書いた。

何かあるものを描こうとする時に、画家はそれらのものを愛することは当然だ。しかし、それらの愛は作品をつまらぬものにする。それは、対象を「判断する」ことになり、対象を「言う」ことにはならない。このような結果、情緒本位の絵画が生まれてしまうのだ。そのような愛は作品に転化されず、創作という行為の隣に残ってしまう。結果、情緒本位の作品となってしまう。真の絵画とは、わたしはこれを愛しますではなく、「これがここにあります」と言うものなのだ。対象への愛は作品の中に消化されなければならない。創作に愛を残すのではなく、愛を使い果たすことで、初めて純粋なモノが生まれてくる。真の芸術は判断することでなく、言うだけである。

※１９０７年10月13日クララ・リルケ宛手紙

ここで「言う」とされているものこそ、原本的に与えられた直感をもとに、私・他者の世界を表現することに他ならないだろう。リルケは詩集「ドゥイノの悲歌」で、「言う」ことを次のように表現した。

たぶん、われわれが地上に存在するのは、言うためなのだ。家、
橋、泉、門、壺、果樹、窓―と、
もしくはせいぜい円柱、塔と……。しかし理解せよ、そう言うのは
物たち自身もけっして自分たちがそうであるとは
つきつめて思っていなかったそのように言うためなのだ。

※手塚富雄訳『ドゥイノの悲歌』「第9歌」より　岩波文庫版

世界と対峙した詩人は、詩人の主観＝愛を拒み、世界という客観を引き受けた。それが「言う」ことだと考える。フッサール、リルケ、二人はともに、この世界という実体に近づき、世界という実感を手に入れようとした。それが超越論的経験であり、詩においての言うことだった。暗闇に街灯が点き、夜が明るく照らし出され、写真機、映画、電信電話が普及していったあの時代だからこそ、哲学者と詩人が追い求めたリアルだったと推察する。

セザンヌもまた、画家という視点を拒み、世界からの視線を受け入れた。つまり、画家が風景＝世界を見て作品を描くのではなく、絵画が画家を含めて在るこの世界を描こうとしたのだ。正確にいうと、世界・作家・作品を同じ地平に降ろし、それらの三位一体を創作の基本とした。作家が対象を描くというよりも、作品が作家を通して対象を描くといって良い。画家とは対象と作品の媒介でしかない。絵画における、ある意味での視線の逆転、セザンヌ的転換が行われた。作

品は、従来の作家という一主体＝視線から自由になった。対象と同じ地平を得て新たな視線を発見したのだ。

画家のデヴィット・ホックニーは「絵画とは、結局、三次元のものを二次元に表現すること」といったが、それは視覚の問題以上に体感の問題と受け止めた方が良いだろう。

美術評論家の持田季未子は、著書『セザンヌの地質学』の中で、サンヴィクトワールを描くセザンヌについて、作品における視点の移動を次のように言及している。

セザンヌが遠近法を無視し奥行きを一向に気に掛けなかったのは、ルネサンスに確立した遠近法が抽象的すぎ抑圧として感じられたというだけではなく、所詮画家のたまたま立っていた位置に左右される、いわば世界の『見かけ』を映すだけのものであり、それに従う限り絵画はある任意の一点から世界がどう見えるかを記述する感覚的な限界を超えることができず、事物の本質に関与できないと考えていたからではなかったろうか。

※持田季未子『セザンヌの地質学』青土社

つまり、再現性の拒否であり、主体の視線が強すぎると、リルケがいう愛が強すぎると、モノが見えなくなる。そのために、持田は、セザンヌは自らが立つ位置を放棄することで、作品の視点から作家の足場をなくしたと書く。つまり、作家という定位置を消し去ったということだ。その証拠として、セザンヌの風景画はあり得ない視点の高さを持つことになり、彼の静物画においても、周知のように単一の視点を拒み、複数の視点が生まれるのだ。

「レスタックの岩、松、海」のような、視点位置が不自然に高くて画家の立っていた地点がどこなのか現実性に欠ける構図は、この後セザンヌの風景画にしばしば用いられるだろう。1890年代後半のビベミュス石切り場での仕事などにも特徴的である。このことは、セザンヌの風景画は自然から得た感覚に基づきながらも必ずしも忠実ではなく、各部分を別個に見て、遠近や角度の組み合わせを自由に構成し直したものだったと思わせるに足りる。

※持田季未子『セザンヌの地質学』青土社

持田は、セザンヌがサンヴィクトワール山の地質学に通じており、山岳の成り立ちという生きた時間軸からサンヴィクトワールにアプローチしたこともその要因としている。ともかくも、写実の対象としてではなく、山という存在そのものから描いたと書いているのだ。

セザンヌにおける視点の逆転は、絵画にとって、全く新しい世界の発見だった。世界の本質を探る絵画の発見、その発見は、セザンヌにおいて開花し、ピカソ・ブラックのキュビズムまでに至る。

視点の移動、視点の複数化は、鑑賞する側の在り方までを揺さぶる。わたしはセザンヌの静物画や風景画を見ていると、一種の浮遊感に襲われる。足元を奪われたような頼りなさを感じてしまう。それは、いわば主体という、私という、一点の視線の在り方を支えとしてきた日常を喪った証なのかもしれない。同時に、セザンヌの作品が彼特有の静謐を保っていることにも気づく。それは、モランディの静物画にも共通する静謐さなのだが、それこそが日常の時間を剝ぎ取った実存の静謐さとでもいうべき孤独感なのかもしれない。世界の中心は「私」ではないのだ、という実感。この孤独感こそ、近代（モダン）と呼ばれる世紀が発見した新しい感性なのだ。世界という地図を手に入れた人間の孤独であり、群衆をつくり出し、自我を発見した者の孤独なのだ。

セザンヌによって、絵画は、作家という主体、および見ることから、自由になった。

◇自由の発見

近代のもう一つの大きな所産は、自由という概念だった。

画家たちが絵画に表現としての自由を求めたのは、マネ以降である。まずは、伝統的なモチーフ、色の置き方、デッサンのあり方、より写実的であるための描写方法など、そんな従来のアカデミズムから自由でありたいと試みた。その萌芽はロマン主義絵画にあるのだろうが、作家が意識して表現したのはマネが最初だった。自由とは、何何からの自由としてある。その後、その何何が時代によって画家によって変化していく。そんな自由の希求はキュビズムにおいて一つの頂点に立った。キュビズムは、グリンバークがいうような平面性の追求という観点よりも、表現の自由から解き明かしたほうが端的で実感がある。「アヴィニオンの娘たち」は、既存の美意識からの自由、および作家なる主体からの自由を図った。ピカソが過ごしたパリには、浮世絵、アフリカの工芸品など、様々な国からの美術品が持ち込まれ、西洋美術という基準が疑われた時代だった。絵画が作品として成立するためには、既存の美意識、既存の描写方法に囚われることはない。そして、彼らが尊敬するセザンヌから学んだことだが、作品という視点から考えるなら、画家という一視点、画家という美意識に縛られる必要はない。世界は、画家のためにあるのではなく、世界自体のために存在している。だから、自由に視点を遊ばせれば良いのだ。イーゼルの前に座った作家の視線ではなく、もっと対象を、風景を、自由に眺めたい。対象が作品のために在るのなら、画布いっぱいに対象を描けば良いのだ。対象も、風景も、そこに在る。それらは、画家の延長である前に、画家がそれらの延長なのだ。それまでの絵画は、対象との距離が必要だった。しかし、キュビズム作品においては距離が不要になった。作家と対象が、画家と世界が同じ地平に在ることこそ、重要なのだ。

絵画は、画家からの自由を得ることになった。キュビズムによって、固定された視点、既成の美意識からの自由を獲得したのだ。その次のステップとして、画家が、描く対象からも、風景からも自由でありたいと考えるのは自然な成り行きだったろう。

キャンバスと私が在れば良い。描くとは何か、絵画とは何かを問うためには、モデルも、静物も、風景も、必要ではなくなった。それが抽象画の発見となる。画家という主体を離れ自由に対象＝世界を描こうとしたキュビズム、そのキュビズムとは明らかに一線を画した新たな絵画の誕生だった。

新しい自由の発見は、新しい規範の誕生でもある。自由はあっという間に制度と化す。その変化は繰り返され、さらに新たな自由が求められ、試みられるのだ。

結果、言葉を取り込んでしまった現代アートは、自由の増殖を繰り返し、何でもありの状況をつくり、そのことが最大の束縛、呪詛となってしまっているのは明らかだ。

アートに発見発明はあった。遠近法をはじめ具象画、抽象画という表現方法の発見、水彩、油彩、アクリルなど新しい画材、新しい色彩の発明があった。その発見発明のたびに、アートに新しい領域が広がっていったのは間違いない。かつて私たちの祖先が洞穴に描いた動物の絵が、今ではデジタル化されて世界へ配信されている。

しかし、科学のように、アート＝技術は進化したのだろうか？　そもそもアートに進化はあるのだろうか？　現代の作品をルネッサンスのそれと比べて、誰も進化したと断言することはできない。それは、文学、音楽、哲学も然りである。例えば、哲学は常に新たな展開を求めるが、同時に繰り返しギリシャ哲学へ回帰しながら歩んできた。文学も、音楽も、もちろん美術も、すべての作家はそれぞれの原点へ立ち帰ることを基本だと考えてきたのではないか？　つまり、文学・音楽・美術が個の作業である限り、足元を見つめること、創作の原点を探ること、原点回帰なる作業がなければ前には進めない。対して、科学は全体の関係を問う作業が中心となる。科学者は力を合わせ、目の前の問題を解明し、解明したエリアを確実に広げてきた。しかし、既知のエリアを拡大するとは、既知なる円を拡大することで円を囲む未知の部分をも広げることになったはずだ。未知の問題を解決することは、その分、未知の問題を作り出すことに他ならない。量子力学が解決した問題と、量子力学が作り出した疑問は、どちらが多いのか？　果たして、それを進化だと言えるのか。そもそも進化とは何か？　簡単に言えば、進化によって、何の得があるのか、誰が得をするのか？　進化とは、現代において、市場の差別化が生み出した幻想でしかないのか？

現代アートは、この差別化の呪縛を受けたまま、新しいものへの渇望を育て続けている。

私は、アートに変化はあるが進化はないと考える。新たな描写技術の発見や向上はあるのだろうが、それが作品の良し悪しに関係するのかどうかはわからない。現代の作家は、新たなモチーフや手法の開発、誰も手をつけたことのない素材を見つける、そんなことがアートの進化だと思っているのではないか？　オリジナリティとは、そのような新規さであり、新しさを求めることが絵画の進化だと思い込んでいるようだ。そんな新しさ、オリジナリティとは差別化でしかない。折口信夫は認識の方法を別化性能と類化性能とに分けて、芸術の働きは凡そ類化性能にあるとした。新規さを追求することは別化性能であって、アート本来が持つ役割ではない。アート、いや芸術全般に言えるのは、新しさよりも深さが重要なのだ。人は深く通底するもので感動する。悲劇が人の心を動かすのは、悲しみがあらゆる人の心の奥底にあって共通しているからだ。作品に深度を求めるためには、常に作家が創造の原点を見つめるしかない。だが、深さを求めるためには表層を徹底しなければならない。さらに、矛盾するようだが、表現において、作家固有の深さを探るには作家固有の新しさが必須となる。つまり、誰よりも深く探ろうとすれば、そこには誰にもない新しさが必要となってくる。

創造的であるために、基本に戻り主体自身への認識を深めることが不可欠だろう。アートの原点は、アートの歴史やアートの市場にあるのではなく、作家そのものに存在する。デュシャンが反面教師であった理由はそこにある。彼の作家という主体を消そうとした作業は、作家という主体を確認する作業でしかなかった。アートではない作品をつくろうとした作業は、アートと称される作品を確認するための作業だったのだ。歴史の誤りは、反面教師としてのデュシャンに、正面から無批判に立ち向かってしまったことだ。

◇別化性能と類化性能

別化性能と類化性能に関してもう少し述べたい。モダニズムは類化性能であり、ポストモダンは別化性能と区分できるのではないか。大きな物語として、例えば人間存在を問うた実存主義は類化性能であり、モダニズムとされる。小さな個々の物語を語ること、つまりプルーラリズムや多文化主義は区別を認めるポストモダンと分類されるだろう。モダニズムは共通項を見つけ、その底をどこまでも探る。ポストモダンは、多様さ複雑さを求め、裾野を広げていく。[※]いうまでもないが、モダニズムとポストモダンが機能させる類化性能と別化性能は相対的であり、別化性能なくして類化性能はないし、類化性能なくして別化性能はない。その区別は、反対方向を向いたベクトルの強さでしかない。ただ言えるのは、別化性能では広さは得られても深さは得られない。だが、資本市場はアートにわかりやすい差別化を求める。アイ・ウェイウェイが巨大なハリボテを作るように、大きさ広さでの表現には、深度としての共感はない。サブカルチャーを取り込んだ奈良美智や村上隆の作品に、時代への視野はあるが人間の深度はない。まさに、村上がいうスーパーフラットなのである。スーパーフラットが模倣以上のオリジナリティを生むことは、甚だ疑問だ。村上作品は手塚治虫を、奈良美智はブライス人形を超えることはないだろう。断言できるのは、ポストモダンは、多元性・多様性を認めながらも差別を基本とするので、お互いの繋がりを拒むところがある。追従者はいるだろうが、一つのスクール、一つのイズムをつくることはないし、あくまで個の主張に留まる。アートが共感を求め、コミュニケーションを欲するのであれば、どうしても類化性能を求めざるを得ない要因はそこに存在する。ポップアート以来盛り上がった別化性能は類化性能のために用意されているように思ってしまうのは、間違っているだろうか。行き過ぎた差別化は、翻って共通した一つの収斂点を求め始めるのではないか。別化性能と類化性能、拡散と収斂の運動はつねに繰り返す。拡散する宇宙がある臨界点で、くるりと裏返るように位相を変化させ、収斂運動となるイメージを抱く。その転移は、思想芸術から、人間の愛憎、男女の性から誕生と死までをも支配している。
※構造主義、少なくともレヴィ・ストロースが唱えた構造主義はポストモダンとされながらも、類化性能の最たる表現だと考える。

デュシャンに戻ろう。

デュシャンはアートから様々な垣根を取り除こうと試みた。文学との垣根、音楽との垣根、ジェンダーという垣根までをも払おうとした。だが、芸術とは、表現とは、垣根=制約なくしては成り立たない。不自由なくして自由がないことと同じだ。文学は、自らの不自由を見つけ、自由を探る。古い垣根を失ったアートは、新しい垣根を見つけるしかない。そうなると、得てして、自分だけの垣根を見つけて、そこからの自由を試みる作品が多くなる。今回のあいちトリエンナーレの問題は、そこに起因する故に共感を得ることが難しかった。それは自らの尾を呑み込む蛇、ウスボロを思い出させる。芸術という作業に終わりがないこと、作品に完成がないことは、そこから由来する。

画家が、完成したと筆を置くのは単なる作家の思い込みでしかない。セザンヌが繰り返しサンヴィクトワールを描いたこと、ゲーテがファウストへ執拗に推敲を重ねたことを見てもわかる。彼らは作品に満足することを知らなかった。作品の完成を信じることがなかった。それは、創作という活動に到達点がないことと同意だ。セザンヌの塗り残しはその証だと考える。作品はあくまで過程であり、後は見る者の想像力に依存するという主張そのものだと思う。

作品は作家のものであり、作家のものではない。鑑賞される時は鑑賞者のものともなる。鑑賞者にとっては、完成も未完もない。それが作品であることが重要なのだ。小説をテクストと呼ぶように、作品のモノとしての側面も否めない。石川淳は、著した小説は既に作家のものではないとしてどんな作品も書き直すべきでないと主張した。これは、アランの小説論「ペンとともに考える」、さらにはシュルレアリスムのオートマティズムの影響下での発言だと考えられる。他者が、作家を通して、作品をつくるという認識と共通するものだ。

描いたリンゴは作家の表現であるが、作家を離れた作品そのものでもある。そもそも作品にとっては作家など意味がないのかもしれない。刀にとって、刀鍛冶よりも刀が成した結果の方が遥かに重要だろう。刀に銘があるかどうかよりも、どれだけ人を斬ったかが尊いのではないか。つまり、鑑賞者や読者を持たない作品は、作品とは呼べない。作品の価値は鑑賞者が決めるものなのだ。

ともあれ、作品は作品そのものとして存在する。故に、創作において、作品から作家への問いかけが可能なのだ。作品と作家との問答、作品とのやり取りがなくては、創作は成り立たない。

再度確認しておきたい。

行為としての創作は、他者との対話を基点としている。他者とはもう一人の自己であって良いし、人でなくとも良い。リンゴでも、風景でも、絵具でも、もちろん作品でも構わない。詩人の場合は言葉であり、小説家の場合は文体や物語がそれにあたる。作家は、他者を通してしか自己を探れない。自己を見つめるには他者という鏡が必要なのだ。

他者の発見によって、今日の芸術は始まった。

◇自己・他者・世界という俯瞰

他者の発見は自己の発見であり、世界の発見でもある。

自己・他者・世界という俯瞰が創作の視野となった。自己を探れば世界へ行きつき、他者を描けば自己を見つめることとなる。世界という謎は、自己の闇に繋がる。

創作とは、意識・感覚の拡大と集中を重ねて、自己という闇の深度を探ることでもあり、この世界という虚空に、独りだけのゾンデを垂らし、どこまでも糸を繰り出していく終わりなき作業のことをいう。自己の闇を探ることとは、自己という闇の創造でもあり、世界を広げることと同意だ。自己の闇は、形や色にはならないが、画家は形や色で表現するしかない。自己の闇は言葉にはできないが、小説家は言葉で表現するしかない。作家は、指先の頼りのない手応えに不安を覚えながらも、時に糸をたぐり、時に糸を揺らして、底なしの闇へ細い糸を送り込んでいく。その手応えと不安を表現することが作家の作業なのだが、作業と作品との間には断絶がある。それは、価値と貨幣の断絶と同様に、言葉と実体、表現と色彩、実体および線と面などなど、それぞれの断絶でもある。

グリーンバーグが表層にこだわったのは、絵画において深度は表層にしかないからだ。現代絵画において、表層の追求が深さへの最も確かな近道となる。表層と表現との断絶、それが深度そのものを顕すのだ。

経済学者岩井克人はその著書の中で、資本論がいう価値と貨幣の断絶と命がけの飛躍を解き明かす。どのような商品価値＝価格も、マルクスが書くようにその商品にかかった労働の質と量によって決まるのではなく、市場における他商品との差別化によって決定されるとした。売るための技術、広告表現の基本が差別化の追求であることが、まずはその証であろう。その差別化で決定された価値、つまり価格と商品の関係には大きな溝があるというのだ。つまり、ゴッホのひまわりが何億円するとしても、その価格の根拠は作品自体の何処にもない。ゴッホの天才、ゴッホの努力が何億円の価値を生んだのではない。市場における差別化によって決定されるのだ。詳しくいえば、市場経済における別化／類化という価値のネットワークが決定する。

このような断絶は、我々を取り巻く世界の至る所に存在する。ウィトゲンシュタインも、規則と規定について述べている文章で、以下のように説く。規則によっては規定されないような規則の使い方があり、そこにおいて人々が一致するのでなくては、この深淵を埋めることはできない。このような盲目的一致が舞台下で働いているときにのみ、舞台上では規則がその使い方を規定しているように見える、と（永井均「ウィトゲンシュタイン入門」）。ここでいう盲目的一致とは、命がけの飛躍を前提としている。当然だが、言語と言語の伝達にも断絶と飛躍はある。あなたがイメージする赤は筆先のヴァーミリオンとは違うだろうし、リンゴをスケッチする曲線は、リンゴには存在しないものだ。断絶があるから盲目的信頼と命がけの飛躍が必要となり、飛躍しなければならないから想像力が働く。想像力は盲目的な信頼と共感で支えられている。

この世界の至る所に断絶があり、その断絶を越すための想像力があるとすれば、この世界は想像力で成り立っている。つまり、共感と幻想、盲目的一致で成立しているといえるだろう。この盲目的な一致を疑うことこそ、創作の第一歩といって間違いない。いうまでもないが、盲目的な一致を疑うことこそ、盲目的な一致を表現することに他ならないからだ。モーリス・ブランショは、文学は文学とは何かを問うことから始まると書いた。まさに、このことと同意だろう。

余計なことだが、盲目的な一致へ導く想像力はときに愛とも呼ばれる。リルケはこの愛を否定したのだ。愛を否定することで盲目的一致を拒んだ。

盲目的一致を促す幻想とは、グリーンバーグがいうイリュージョンのことでもある。モダニズムの絵画は可能な限りイリュージョンから逃れてきた歴史だと、グリーンバーグはいう。それは、絵画としての独自性・自律性、つまり平面性を支持することであり、他の芸術の手段、例えば文学性の排除と彫刻性を拒絶することを意味する。アラン・ロブグリエが小説から主観、形容詞を省いたように、絵画から絵画以外の特性を省き、曖昧さの削除を求めた。いわゆる調味料を出来るだけ省き、素材の旨みだけを味わう料理を作ろうとしたのだ。それは、素材と料理の瀬戸際、つまりイチゴそのものの味わいに可能な限り近づけようとするソルベのようなものだ。それなら冷やしたイチゴを食べたら良いじゃないか、といえない一線。それは、アートがアートである瀬戸際であり、アートと現実の差異であり、グリーンバーグの語彙を使えばメディウムと作品の瀬戸際を目指すようなものだった。言い換えれば、作品から誤解と差異を取り除き、鑑賞の平等と均等化を求めること、それはオールオーヴァーと呼ばれる絵画であり、中心がなく多声的であり、平面における絵具、色と形だけから伝わるものを訴求した。具体的には、絵画から可能な限り言葉を取り除いたのだ。絵画に純粋性を求めるなら、鑑賞者と絵画作品との伝達は視覚の範囲でしか規定されるべきでない。すなわち、絵画はその色と形と素材感、つまりは視覚で得られる表層性でのみ鑑賞しなければならない。絵画に物語や意味、意図を読み取ってはならないのだ。

しかし、絵画の純粋性、自律性を重んじるばかりに、創作・鑑賞の制約を図るとは、作家の傲慢ではないのか。鑑賞者各人の想像力までも規制する必要があるのか。想像力を自由にできないとすれば、わたしたちは何のために鑑賞するのだろう。作品に何を求めるのだろう。大半の鑑賞者は、作品に新たな方法論や文脈など求めてはいない。批評家は誰も書かなくなったが、わたしたちは作品に、新鮮な感動、新たな地平、聞いたことのないコード進行、体験したことのない時間、見たことのない世界を求めているのだ。ひたすら眺め、読み、聴くことで、心を奥底から揺さぶられたい。日常生活で硬く凝った心の筋肉をときほぐしたいのだ。いい古された、これらの当たり前の真実に、現代アートは目を瞑っていないか。グルメ批評に「美味しい」が禁句のように、今日の美術批評に「感動」という語彙は避けられてきた。現在、ほとんどの美術批評は作品の体系化であり、市場の位置づけであり、表現の言い訳であり、後付けの方法論を語っている。批評家が作品を言語化することで価値判断がなされることには間違いない。最近の美術批評家と美術教師は褒めるが貶すことはないのだが、それなりの影響力は免れないだろう。だが、鑑賞者が作品に求めるものは、すべての分野で、すべての時代で共通のものであり、変わってはいないと思う。今、アートの現場においてこそ、「感動」の復権が求められている。

使い古された表現だが、アート作品は生きている。故に、歴史性、文学性、音楽性を表現として纏うことは避けられない。作品を世界内存在として位置付けるには、他の芸術分野との垣根はないほうが良い。モンドリアンの作品についていては音楽性なくして成立しないし、誰もがポロックやロスコの作品に律動（リズム）・和音を感じ取るだろう。クレーの作品を例にとれば、そこに絵画と科学との融合を見出す。融合というよりも、絵画と科学の境界を読み取り、絵画から見た科学、科学から見た絵画について、それぞれの本質を考えさせられる。絵画的なものを知るには、科学的な側面からアプローチすると明確になることが多々あるのだ。それは、自己を知るには他者が必要であることの道理である。

◇境界という視点

その意味で「境界」という視点が、芸術に大きく働きかける。絵画と写真の境界については先述したが、画家の津上みゆきは風景というモチーフで具象と抽象の境界を描く。方法として、彼女は風景画を崩して抽象へと描いていくのだが、作品ごとにその境界を具象寄りに抽象寄りにと揺れ動かすことで、具象とは何か、抽象とは何かを探っているように思える。同様に、小説家ロブグリエは、明かに文学性と映像性の境界を描くことで、視覚的真実の危うさ、言語表現の曖昧さを通して、文学と映像それぞれの核心を示そうとしていた。本来、文学と映像は背中合わせの状況にある。その境界を示すことは、それぞれの特性を際立たせ顕在化することになる。ゴダールは、逆に、映像から文学性へとアプローチした作家だった。彼らの、境界における線引き作業が新たな文学やアートや映像作品を生み出していったのだ。

かつて哲学は、相対したものを統合したり、弁証したり、選択することで、新たなフェイズへ進もうとした。しかし、芸術は、相対したものを相対したままの世界として提示することが出来る。また、相対したものの境界を示すことで、相対する関係をも表現することが可能だ。相対する二つの意味、それぞれ相互の関係を明らかにして、それらの別化性能や類化性能を提示したりもできる。いうまでもなく、相対の根拠とは、この「私」であり、この私の認識であり、私の認識の対象となるこの「世界」なのだ。つまり、芸術一般における探究の対象は、私であり、自我であり、他者であり、この実体世界へと連なる。そんな私という根拠を基に描き、書くからこそ表現が説得力を持つ。だが、相対するものをありのまま表現するとは、そのありままの規定が難しく、多様な解釈と表現がとられることになる。

例えば、パウル・クレーは彼の著書『造形思考』の冒頭でこのように記する。

> 対立するものの位置は固定したものではなく、両者の間は流動する運動だといってよい。ただ一個の点、中心点だけあり、種々の概念はその中にまどろんでいる。同一水準で対立する二点は、（中心点に関しては）相対的に固定している。
>
> 善と悪、概念と反対概念。それでもってしては、わたしは一部分を作ることしかできないだろう。それも、つねにほんの一小部分だけを、というのは、わたしにはよくわかっているが、善がまず先に存在しなければならないが、しかし、悪がなければ善は生きることができないからだ。それだから、わたしは個々のものにおいても、この両者の重さの関係を調整して、ある程度は我慢できるものに調整するだろう。

二元論を二元論として取り扱ってはいけない。二元論を、お互いに補いあう統一にもっていくことが肝要である。平静と不安にしても絵画表現にとっては交替する要素である。

※パウル・クレー／土方定一・菊盛英夫・坂崎乙郎訳『造形思考』ちくま学芸文庫

ここでいう統一、すなわち相互に補完し合う行為こそ、クレーにとっての創作なのだろう。相対するものをそのままではなく、相対している関係を示すこと、調整することが必要だといっている。世界大戦を含む激動の時代に生きた芸術家の言葉だが、わたしはどうしてもこの文章の背景に、量子力学の出現を感じてしまう。とくに、シュレーディンガーの猫と呼ばれる思考実験、観測＝見るという行為によって、箱の中の猫の生と死という二つの状態を選択せざるを得ない不思議を思ってしまう。クレーはこの著書のエピグラフに、「アングルは静止を秩序づけたが、わたしは運動を秩序づけたい」と記した。相対性理論、量子理論の登場が話題になっていた時代だ。その量子理論の延長として量子コンピュータの実現がニュースとなる今日、次に、アートは何に対して秩序づけることが可能なのだろうか。

相対性・二元論への取り組みは、二次元・三次元という問題を含みながら、今日までアートの重要なテーマの一つとなっているが、もう一つ忘れてはならないテーマが、主体性の問題である。ラカンは、象徴界と名付けた言語世界では主体はつねに実体を見失っていると書いた。カフカは日記において、私という主体を規定する不可能性を延々と嘆いている。つまり、アートの目的・役割とは、言語世界では失われた私＝主体を規定すること、具体的には私を取り戻す作業であるとしても良い。主体を規定することとは、世界を表現することでもある。アートが言葉でないという意義はここにもある。文学は言葉を追求することで主体を、そして世界を解体して行く。「われ万巻の書を読みぬ、されど肉体は悲し」なのだ。主体表現の不可能を不可能として提示する試みが文学ならば、自己規定を敢えて可能とする試みがアートなのかもしれない。

◇アートによる主体の回収

アート作品は、現に、そこに存在する。作品は、わたしとあなたが存在する、この世界に在る。それは、明らかに、書籍という複製物としてしか存在しえない文学とは違う。そこに存在するから、素材、マチエールにこだわるのだろう。そこに存在するから、鑑賞する者との直截な対話が成り立つ。それは紛れもなく、アートの文学への優位性なのだ。だから、決して、アートは文学的なものに堕してはいけない。

わたしの友人の作家である十時孝好は立体作品制作のアトリエを建てる際に、土台の水平に最も気を遣ったという。水平へのこだわりは、垂直へのこだわりを意味する。彼が制作する木彫の作品、例えばウサギのシリーズのほとんどは、垂直に立ち、垂直に耳を立てている。わたしはそのウサギを見つめていると、わたしの頭頂から踵まで一本の線が降りてくるように感じる。天と地を結ぶ垂直の線の力に支えられる歓びを感じる。天に引き上げられ、地に降りている、天空との一体感を覚える。それは、わたしは此処に在るという落ち着き、わたしは正しく在るという安心感をもたらしてくれるようだ。正確な垂直は、体感する者を、天に繋げ地と結ぶ。それは、大樹を見上げるときや仏像に対峙したときに感じる崇高さに近い。その崇高さを生み出す基点の一つが、天地の垂直にあると知らしめてくれるようだ。この垂直の力なくして、ウサギの、そして仏像の半眼の視界は得られない。半眼とは、視覚の圧を抑えることで、現と虚、外と内の境を取り払い、世界のありのままの姿を得る方法だと感じさせる。わたしは、十時のウサギによって、この半眼から広がる水平世界が、天地を一つに結ぶ垂直に支えられ、支えているという相対の在り方を気づかせてくれるのだ。天地と結ばれた半眼は世界を見据え、私を見据える。垂直と水平、私と世界との出会いに、わたしは感動を覚える。

最後に、もう一度、デュシャンに戻ろう。
デュシャンがアメリカに渡って以後の作品、泉から大ガラスまで、すべては謎謎であり、問いかけだった。デュシャンは「問いかけ」を作品とした。彼は、それをアートと呼んで欲しくはないのだろうし、わたしも泉やレディメイドをアート作品とは認めないが、歴史的な問いかけであったことに間違いはない。

アートをはじめ、思想、文学の優れた作品には根源的な問いかけがある。モナリザからアヴィニオンの娘たち、ドン・キホーテからユリシーズ、ソクラテスからフーコーまで、その問いに、わたしたちは胸を打たれ、足元から揺すられる。科学においても、ニュートンのリンゴに象徴されるように、真に新しい発見は根源的な疑問から成り立っているのだ。それは、アインシュタインによって見出された関係式 $E=mc^2$ のように、限りなくシンプルで、限りなく美しい。

では、アートにとっての根源的な問いかけとは何か？

デュシャンのように問いかけを作品とした場合、そのスタイルは一回生のもので、ウォーホルのブリロボックスのように繰り返されるべきではない。小便器が何に替わろうとも、問いかけの深化は望めないだろう。しかし、例えば、私・他者・世界という存在そのものへの問いかけは普遍だと思う。何度でも反復し問われるべきだ。問いかける主体＝私が違うので、問いそのものも違ってくるからだ。

存在そのものを揺さぶり揺るがす問いかけ。見ることの意味、触れることの確信、描くことの意義、呼吸や食や性など生きることと美しさの関連性、対象と私との結び付きの探求、描いている＝描かされていることとの相関。五感の喜びは快楽か芸術か？　その差違とは何か？　などなど、それらの問いのすべてが、私という存在を通していなくては作品の広がりはとうてい望めないだろう。簡単にいえば、感動は期待できない。

例えば、誰もが、自分と同じ風景を眺めていると信じている。しかし、同じ風景でも、視界への想い、視点の位置や視野の広さ、視力の圧などそれぞれに違っているはずだ。つまり、一人ひとり見ている風景には微小だが明かな差がある。わたしが見ている風景はわたしだけのものだ、という認識。わたしが見ている風景はあなたのそれとは違う、という認識を持つことが表現者には不可欠だ。故に、表現者は孤独であり、観客、読者とは孤独という連帯で繋がっている。

しかし、孤独をあなたと連帯するには、具体をもってするしか出来ない。それは、具体的な作品に即してしか、アートを語れないことと同意だ。アートとは、評論とはそのようなものなのだ。当然のことだが、作品を通じてしか鑑賞者と共有できない何かなのだ。

２０１８年、イケダギャラリーにおいて小池隆英の作品を見た。Beyond Colorと題した作品で２０１５年を中心に描かれたものだった。とくに二百号のキャンバスにパープルグレーのアクリル絵具で描かれた作品は、見る者に凝視を強いた。画面の変化は淡く、夜から朝への黎明を思い起こさせ、明と暗、暖色と寒色、色彩と無彩の境界あたりを彷徨っていた。余りに変化が淡く薄いので、見る者はキャンバスを凝視(みつ)めざるを得なくなる。それは、例えば、川村記念美術館のマーク・ロスコの部屋に佇む時とは違った視線を強要された。ロスコ作品と対峙すると、観客は巨大な作品に取り込まれる感覚に襲われるだろう。視線はいつしか作品に吸収されるように思わせる。しかし、小池の作品はそこに絵画として存在し、あなたの視覚によってしかアプローチできないと告げている。絵画が対話を欲している。だから、見る者はひたすら凝視するしかない。作品を凝視(みつ)めることで、色彩とは何か、彩度とは何か、抽象とは何かを問い続けることになる。凝視め続けることで、網膜に写ったものがわが脳裏にどのような記憶として残照として定着するかを、いずれ確認することになるだろう。そのように予想させた。

小池の作品には、明らかにわたしの肉体へ直接働きかけるものがあった。それは言葉ではなく、もちろんメッセージでもなかった。肉体への作用としては、匂いや音に近く、密かに緩やかに肌の奥深くへ浸透してくるもののようだった。それは、言葉ではない記憶の存在、言葉ではない感性の作用を見る者に示してくれるようだった。

同様の体験を、２０１９年に訪れた二箇所の個展でも味わった。

２０１９年、信州朝日美術館で丸山富之彫刻展を見た。ひと抱え以上もある石塊を削り、水平面と垂直面のL字型をした立体と化す。または、一畳ほどの薄い石板に曲面の背を作るように垂直面を立てたり、飛行機の尾翼のようにさらに薄い垂直面を加えた作品が多い。まず感じるのは、作家がここまで削り込んだ時間であり、その蓄積は水平面と垂直面が抱え込むようにした空間で知れる。彫る時間、削る時間、その証としての石壁が抱える空間こそが作品となっているのだ。丸山の作品を前にすると見る者の指先が疼くようだった。石肌の水平面を摩る作家の指先の、薄く屹立した石壁を挟んだ作家の指先の、その触感が蘇ってくるようだった。視覚よりも触覚を頼りに削って行くような微妙な作業に、作家の歓びを感じた。とくに垂直面を緩やかに湾曲させた作品は、空間をその分だけ優しく包むような思いが伝わってくる。作業としては直線を彫るよりも遥かに曲線を削って行く方が困難だろうが、それを上回る作家の歓びが、そこには在った。

同年、ヒノギャラリーでの多和圭三彫刻展は、鉄のスクラップを叩いて鉄塊にしたものを成形するという作品だった。丸山の削る作業に対して、多和のそれは固める作業であり、叩いて叩くことを繰り返し様々な形にしていく。その立体は、長方体であったり、子供の頭部くらいの小山をいくつも作ったり、遺跡のような形態をとったりしている。鉄塊の肌面は、どんなスクラップを潰したかによって変化するのだろうが、地層のようでもあり、樹木や岩石の肌面のようでもあり、何かの細胞質、何かの結晶体にも見える。あるものは、グラインダーをかけたのか、磨かれたばかりの鏡面のように美しい。作品を前にして、見る者は、叩く作業が積み重ねた経緯、その時間を感じ、叩くことで作家の筋肉が費やした乳酸を、快い疲労として自らに取り込む。多和の叩き固めた彫刻を前にすると、自らが地球と引き合う重量について想う。地球の70%が鉄分で出来ていること、その鉄分に引っ張られているわたしを感じる。対数螺旋に象徴されるように美意識と重量・引力は深く通底している。そのことは美意識と垂直と水平の関係を見せてくれた十時、丸山の作品にも共通することだ。そして、見る者の肉体に直に訴えてくる何かを彼らの作品に感じることができた。

丸山・多和の作品には、共通してあくまで謙虚な「人工」という意味合いが、そこに在った。

堆積する、浸食するなど、自然が幾世紀もかけて行う作業を人が成すという意味。人と自然の相互な尊敬が、そこに見てとることができた。簡単にいえば、彼らの作品を通して、見る者は、自然と対話する場を提示もされるのだ。削ること、磨くこと、叩くこと、肉体が持つ作家のエネルギーと引き換えに、自然から受け継いだ賜物（もの）こそ二人の彫刻だった。

労働の質と費やした時間の価値こそが本来商品の価値だとした、マルクスの夢を彼らの作品に見出したと書いたら、笑われるかもしれない。しかし、アートを鑑賞することとは、作家が費やした労力と感性の代償を受け取ることに間違いはないだろう。

ギャラリーで作品を見るたびに、オリジナリティとは何かを考えてしまう。わたしたちは、ある作品で味わった感動を追体験したく、同じ作家の作品を求める。オリジナリティは作品に属すると同時に、作家にも属するようにだ。難しくいえば、鑑賞者は、自己・他者・世界という俯瞰において、その作家だけとの新たな関係、新たな地平、新たな時間を欲する。

円球の表面の、ある一点を想う。そこに立ち、そこから眺める水平線は、他の何処の一点から眺める風景とは異なるはずだ。任意の一点を基準とした水平面は、そこの一点でしか成立しない。他のすべての一点が持つ水平面とも決して同一にはならない。わたしは、そのことに感動する。それがオリジナルなのではないかと考える。他の点とは決して同じではない、という確信を持つこと。あなたが立つその場所が唯一無二の一点である、という確信が重要なのだ。誰もが、その時、その場所という一点に在る。球形のある一点には、そこにしかない風景が在る。そこにしかない地平が見え、そこにしかない天上が望める。その場所、その時間、その瞬間は私だけのものだったという確信、その一点の発見こそ、自己・他者・世界という俯瞰を獲得することに他ならない。

バタフライ効果というものがある。アマゾンでの蝶の羽ばたきが連鎖を繰り返して少しずつ拡大していき、合衆国の天候をも左右する大きなエネルギーへと連鎖するというものである。わたしは変化には二種類があると思っている。大概の変化は、炭酸水の泡のように、いずれより大きな変化に吸収されて消滅していくだろう。だが、バタフライ効果のように、人知れず大きな変革へと成長する、奇跡のような変化がある。それが、アートではないか。一人の鑑賞者の中に深く静かに痕跡を残した小さな揺らぎが、繰り返し連鎖して、一つの時代の中で徐々に確実に育まれていく、そんな変化の源泉となるもの、それがアートであるべきだと思っている。

京都国立近代美術館蔵

モンドリアン作　コンポジション（プラスとマイナスのための習作）

モンドリアンと枯山水

京都・大徳寺

◇抽象とは何か？

二十二年早春、コロナ禍ゆえに人影もまばらな古都、岡崎公園の京都国立近代美術館で出会ったモンドリアンに惹きつけられた。「コンポジション（プラスとマイナスのための習作）」と題されており、縦長の土壁に似た灰褐色の下地に多様な大きさと変形をつけた＋と－が、画面上部に蓮華草の群れのように配置された作品だった。眺めていると何故か視線がゆっくりと沈静していく。その体験は少しばかり懐かしく、先日、龍安寺の石庭で味わったものに似ていた。龍安寺の方丈前庭に組み立てられた石と白砂の簡素な造形を眺めているだけでわたしの中で落ち着いていったあの感覚を思い出したのだ。時間空間の均衡が、確かにそこにはあった。その前に佇むと、現在（いま）／此処（ここ）という時空の結束点に在るという確信が満ちてくる。そのことが時間空間という広がりを約束してくれる歓びに溢れていた。否、そんな大仰な表現ではなく、揺蕩（たゆた）うものがゆっくりと静かに沈殿していき、澄んだ清水が現れるような透明感を垣間見ることができたと書けば、より近い感覚だろう。翌年、大徳寺黄梅院の禅庭においても強く感じたのだが、それは何故（なにゆえ）だろうと記憶を探りながら、モンドリアンの抽象画と枯山水の庭には、かなり近い表現の原理があるに違いないと考え始めた。同時に、抽象とは何かとの疑問を抱いた。複雑なものから単純な法則を読み取ることが抽象の意味なのか。例えば、ウィスキーも、日本酒も、その究極の旨さは水にあるというような意味においてか。抽象とは、極みの発見であり、それは海から河を上って小さな源流に至るような作業なのか。

龍安寺の石庭は禅の思想を具象抽象した作品といえよう。ならば、禅とは何か。鈴木大拙はこのように述べている。

春が来れば野原は緑になり、私たちの気分は安らぐ。そこに霜が降りれば、身震いがし、樹木が丸裸になるのを目の当たりにする。最初に論理があって、その法則に服させるために論理を自然に当てはめるのではない。論理は後から作られたものであり、それを構築してきたのは私たちだ。論理が通用しないところでは、別の「論理的」なものを構築せねばならない。禅はいわゆる論理に先立ち、そして禅師は私たちを、「光あれ」という言葉を発する以前の神と面接させる。

※鈴木大拙、碧海寿広著「禅と日本文化　新訳完全版」角川ソフィア文庫

鈴木大拙は、論理に先立つ世界と対峙することが禅だとする。それは、論理の限界、言葉の限界を見極めることの言い換えでもある。だから、禅は思想ではなく、言葉ではなく、一つの姿勢のようなものだという。禅が対峙するものは人が名付ける前の世界であり、在りのままの世界で

もある。本来、この私も名付けえぬ世界の一部であり、私＝世界の一体感こそ、禅の悟りではないか。私を受け入れることは、世界を受け入れることであり、私を引き受けることでもある。

決して論理で世界を理解しようと考えてはいけない。理解と悟りは違う。理解とはいうまでもなく言語による理解でしかなく、喜びは悟りからしか来ない。

禅問答において、ときに鼻をつまんだり、胸を叩いたりするのだが、言葉ではなく、そうとでしか伝わらないものがあることを示している。

鈴木大拙は、名付けえぬ世界に近づく方法論として、「物事を退けるのが最善であり、それを追い回すのは最悪だ」とも述べている。在りのままの世界を追えば、そこに私なる意志が働き、言葉が関わり、在りのままではなくなってしまう。一歩引くことで、自己を消し去り、在りのままの世界に対峙することができるかもしれない。画家が静物や風景を観るとき、目を細め、視線から圧を取り去る、退けるとはあの感覚に近い。

概念はわたしたちに認識された世界を与えるが、それは表面的なことであり、悟りには結びつかない。わたしは禅とは、概念＝言葉を脱ぎ捨てて現在（いま）／此処（ここ）に在ることの歓びを受け止めることだと思う。このようにいうことさえ、言葉による理解を脱け出していないのだが。故に、悟るには、座禅し、瞑想するしかないのだ。

その点から考えると、アートも理解するものではないのかもしれない。クレメント・グリンバーグの文章をどれだけ読んでも、作品を観る喜びは伝わってこない。彼の書物からポロックの新しさを読み取れるが、ポロックの素晴らしさは表現されていないと思う。

言葉をできる限り脱ぎ捨てて世界を見る、とはセザンヌ以降の画家たちが試みた姿勢だったし、道程だった。その道筋の行き先がモンドリアンへと続いていた。

あらためて日本庭園を考えてみたい。

日本庭園の歴史は、自然を模倣することから始まった。四季の移ろいを楽しめるように、池を中心に築山や東屋を配し、植木、苔や石組みなどで変化をつけた従来の回遊式庭園、花や月を観賞し、歌を詠み、茶を立て、舟遊びするためにミニチュア化した景観が基本になっている。その箱庭的な庭園形式に禅の思想が入り込み、庭の構成要素を抽象化簡略化して、石や砂で川や海、蓬莱山など経文の世界観を表現した形式へと変化した。破墨山水画の世界を理想とした時期もあった。破墨山水画とは、枡野俊明によると「わずかな紙幅のなかに大自然を墨一色と線によって描こう」とするもので、「色彩をどこまでも否定し、空白の部分を多く残し、光と影を描くことで精神的内容を深めていく画法」だという。間を尊び、空白に象徴的な意味を加え、枯山水に一層の簡素化を実現したのち、終には完全抽象の世界を極めることとなった。龍安寺や大徳寺黄梅院の石庭がその極みとなる。四季折々の庭遊びを楽しむ箱庭的庭園から、悟りのきっかけを提供する枯山水の庭園へ、その足跡は、写実→具象→抽象という西洋絵画の歩みと重なる。西洋絵画の歴史も、最初は美しい風景や人物などを写し取った写実画から始まり、描く対象と画家との関係を見直し、対象を絵画作品として再構成した具象、最終的には絵画から対象を外し、絵画表現そのもの見つめ直した抽象に行き着く。

作庭も、絵画も、表現を突き詰めると、何故、抽象に行き着くのか。確かに、絵画は時代や手法によって様々な規則や制約に縛られてきた。その制約を一つ一つ取り払い、表現の自由を求めてきたことが、写実→具象→抽象という歩みだったともいえる。絵画とは何か？　との問いを突き詰めると抽象に至った。抽象画の前では、鑑賞者にはどんな知識も不要だ。五感を研ぎ澄ませて作品に向き合えば良い。抽象とは、表現者と作品、ひいては表現者と鑑賞者の距離を縮めたとも、考えられる。表現者と作品、双方ともに名付けえぬ世界に共存している。抽象なる表現を通して、その一体感、共感を得ることができるのかもしれない。それは、この世界、仏教でいう「空」との一体をめざした禅とも通じることだ。その共感に、言葉、まして思想はいらない。

抽象が精神世界の表現であることは間違いない。表現そのものの表現でもある。表現とは自己表出の一様態でもある。簡単にいえば、描く対象を省いた故に、作家は真っ白なキャンバス、あるいは自身の内部を見つめるしかなくなった。美術でも、文学でも、自らの裡を覗き続けると、ときに狂気に至ることがある。しかし、石庭にも、モンドリアンにも、そんな危うさは微塵も感じられなかった。

◇自己を見つめることの狂気

わたしは、抽象表現主義の一つの到達点であるポロックとロスコの抽象画、さらには自己の内側を探るような古井由吉の小説を思い浮かべている。アルコール中毒になり自動車事故で命を落としたジャクソン・ポロック、晩年、鬱に病み自死に至ったマーク・ロスコ、彼らの不幸は自らの内部を探るしかない絵画制作にあったのではないかと疑う。古井由吉は自分の文体に忠実になる余り、狂った女性を書き続けた。

三浦雅士の評論の一文——以前よりわたしの脳裏に居座っていた文章なのだが、「自己の内面を探ることは狂気につながる」を思い起こしながら、先ずはこの意味を探ろうと思う。反面、石庭とモンドリアンの作品を鑑賞した時の、あの落ち着きの理由とは何だろうとも思う。あの庭とあの作品は、自己の内部を見つめながら、何故あれほどの静謐を保つことができたのか。モンドリアンとロスコの違いは、何か。その相違を考えたい。

三浦雅士は著書『主体の変容』において、吉本隆明の『言語にとって美とは何か』より引用し、中上健次の文体が文学体から話体へ移行したことを鳥羽口に次のように述べる。

先ずは「文学体は基本的に自己意識の強さにかかわり、話体は基本的に外界の関心の広さにかかわる。――中略――自己表出がより多くの人間の時間意識にかかわり、指示表出がより多くの人間の空間意識にかかわることはいうまでもない」としながら、「言語の自己表出が自己の自己自身への関心の強度に対応するとすれば、自己表出につかえる文学体はほとんど狂気と化する他にはない。自己自身への関係そのものが異様なものとならざるをえないからである」と書いた。

※三浦雅士著『主体の変容―現代文学ノート』中央公論

自己表出の文体が狂気と化すならば、確かに、古井の文学は狂気に走らざるをえないだろう。ある種の抽象画、自らの心の中を覗き描くアーティストも同様であるに違いない。自己表出は自己分析となり、主体を眺める客体、もう一人の主体を生み出し、自己分裂を誘う。作家が自らの文体をつくること、画家が自らの裡から選んだ色を置き形をなすことは、作品にもう一つの主体を創り出すことと同じだ。それは自己表出によって散り散りになってしまう自己を纏める唯一の方法なのだが、つねに主体の多重化というリスクと背中合わせとなってしまう。

三浦は続けて書く。

大江健三郎も古井由吉も中上健次も、意識的に話体の側、語り手の側に下降しながらも、不断に文学体の側に上昇しようとしていることはいうまでもない。それが、文学の主体を再構築しようとする試みとしてあることもまたいうまでもない。息苦しいまでの緊迫感はそこに由来している。しかし、時代の状況がそれをおしとどめようとする。主体の回復は、世界概念の変更に連動するからだ。新しい世界像が構築されないことにはどのようにも主体は回復されえない。彼らのまえに立ちはだかっている困難はそれだ。

※三浦雅士著『主体の変容—現代文学ノート』中央公論社

文学およびアートにおいて、新たな世界観を構築するには、主体を解体／回収する必要がある。現代に抽象絵画を描く意味、文学を創造することの意義とは新たな世界観の創造であり、わたしたちは過去の尊敬すべき作家たちの足跡に、その困難と危うさをつぶさに目の当たりにしてきた。絵画にしろ、小説にしろ、新たな表現とは、新たな世界観を築くことであり、新たな主体を創造することだ。だが、この作業は新たな主体を生み出すと同時に、本来の主体を解体することと表裏一体なのだ。本来の自己、および表現における主体という双貌のヤヌスを、絵画として、小説としてつくり上げることを意味する。主体の相対化、多重化は分裂症を呼び込む。

分裂症の専門医である木村敏は、まず「自己」を次のように説明する。

自己が自己として自覚されるのは、つねに自己ならざるものとの出会いの場においてである。この自己ならざるものというのは、現実の他者であっても他者以外の事物であってもよいし、自分の心に浮かんだなんらかの表象であってもよい。西田幾多郎の言葉を借りれば、《物来って我を照す》のである。

自己と自己ならざるものとの成立はつねに同時的である。自己が（中略）主客未分の根源的自発性から「みずから」として生成してくるときに、自己は自己ならざるものを自己自身から分離して、自己と自己ならざるものを区別する。

——中略——

《物来って我を照す》というのは、物を見ることによってこの主客の分離が触発され、そこで自己自身となるという意味に解さねばならぬ。

※木村敏著『自己・あいだ・時間——現象学的精神病理学』ちくま学芸文庫

木村は、「私」は他者との出会いによって在る、と書いている。人は自身を意識する時には自ずから観察者としての他者なる客観をつくりだしており、私という存在を意識することは自己／他者の分離を生み出す。この分離作業を作家たちは表現することにおいて日常化しているのだ。つまり絵画や小説表現における主体こそが、自己ならざるものであり、もう一人の自己ともなる。小説も絵画も、その制作過程において、作品の中にもう一人の自己を創作せざるを得ない。それが、自己ならざるものとなる。

木村はここでいう自己と自己ならざるものの均衡の崩れ、表現の主体が本来の自己に勝ることが狂気に繋がると書く。

自己と自己ならざるものとの差異構造が示すバランスの可変性が問題なのである。このバランスが自己優位に保たれている限りにおいてのみ、自他の区別も明確に維持される。このバランスの非対称性が曖昧になると、自他の区別が疑問に付されるだけではなく、他者のほうがむしろ主体性を獲得して自己の内面世界を蹂躙することになる。このように考えると、自己の固有性ということは自己の主体性ということと何ら変りはないということにもなる。主体的な自己のみが固有な自己なのであって、他者の客体と化した自己は、すでに一切の固有性をも失っている。

※木村敏著『自己・あいだ・時間——現象学的精神病理学』ちくま学芸文庫

絵画として、小説として、自己なる表現を突き詰めていくとは、自己と自己ならざるものの不均衡を生むことになる。作品に打ち込む余り、作品における自己ならざるものが主体としての権利を主張し、優位を保つことになる。その逆転がなくては、新しい主体、ましてや新しい世界観など望みようがない。絵を描く限り、小説を書く限り、人は作家であり続けるのだから新たな主体をつくり続ける。作家は、作品を通してのみ世界を描き、新しい主体を創造することが出来るからだ。そのことは、まさに木村が書くように分裂症の要因となってしまう。だが、他者との出会いなくして、新たな世界観の構築など不可能だ。

わたしは作品における主体を創作することは、木村がいう自己ならざるものを繰り返し生み続けることではないかと考える。つまりは、作品に生まれた主体に対して、またその主体を観察する主体ならざるものという合わせ鏡を置くことになるのだ。そのことは、作品における主体を二重にも三重にも作り出してしまうのではないか。作品という主体を眺めるもう一つの主体という三重性、さらには……という幾重もの相対化を生むのではないか。それは、カフカやベケットの作品を読むにあたり、強く感じたことだった。同時に、ロスコやポロックの作品に見られる執拗な繰り返しを見るたびに、考えさせられたことでもある。自己を探り続けること、自己を相対化することとは、主体を幾重にもつくり出し、自己の解体そのものとなる。

だが、モンドリアンは、モンドリアンの作品は、木村のいう自己／自己ならざるものの非対称化の曖昧化を免れている。
※メルロ＝ポンティによると、セザンヌにも分裂症の兆候があった。従来の写実や印象派絵画から離れ、独自の絵画をつくりあげた画家の苦悩が分裂症を引き起こしたことに納得できる。サン・ヴィクトワール山の終わりなき連作は、そのことの証明でもあるだろう。

◇ロスコと神話

画家マーク・ロスコは、巨大なキャンバスに向かい、日々飽きることなく、色を何層も重ね、マチエールを削ぐためか、描いた色を拭い続けた。そんな職人のような日常において、自らの作品に特別の意味を求めたことは必然だったのだろう。芸術家の日常はカミュが描いたシジフの神話のように終わりのない繰り返しだ。だから、ロスコは物語としての終結を願ったのかもしれない。或いは、作家という自覚が作品に歴史的意味を付与したいと望んだのかもしれない。ロスコ作品を前にして涙を流す鑑賞者が現れたことも背中を押したのだと思う。ロスコの場合は、作品に悲劇や神話という絶対的な物語を求め、そこに表現主体の根拠を欲した。それを作品＝主体の礎としたかったのだろう。表現主体を名付けるという欲求は、どんな作家にとっても避け難い。アイスキュロスやソフォクレス、ギリシャ悲劇を愛読し、ギリシャ悲劇という真理を自分の作品の骨格としたかったロスコの気持ちはわかる。現に、ロスコは作品のモチーフを「死」「官能性」「緊張」「アイロニー」「希望」と設定さえした。

時として画家は自分の作品について質問を受け、解説しなければならない。画家が自作を語るほどの困難はないと思う。だから、そんなモチーフを欲したのだと考える。

ロスコはいう。自らに宣言するように告げる。

> 私は、人間の基本的な感情を表現することにだけ関心があります。悲劇、忘我、運命といったものです。多くの人が、私の絵を前にして崩れ落ちて泣くという事実は、そうした基本的な

人間の感情を私が伝えていることを示しています。

私にとって、芸術とは、精神の逸話であり、精神の多様な変化と不変の目的を具体化する唯一の方法だからである。（中略）意識のわずかな可能性を人間化するよりも、石にも擬人的な属性を託したい。

※「マーク・ロスコ」企画・監修　川村記念美術館

ロスコは右記のように、作品に物語を求める。それは、彼の作品を前にして鑑賞者が涙を流したことによるのだが、どう考えても、彼の抽象作品に物語、ましてや悲劇や神話を持ち込むなどは出来ない。鑑賞者が涙したのは作品の物語性にではなく、作品の色彩空間によってだからだ。パウル・クレーだったら可能だったろうが、純粋抽象を目指した彼の作品には不可能だ。彼が描いた色面に言葉を読み取ることは不可能だし、そのことは不誠実に感じる。言葉では表せない情態、情態の揺らぎのようなものを感じ取ることだけができる。それが彼の芸術の独自性なのだ。ロスコの作品は、物語から最も遠く離れた抽象画だった。

クレーは、言葉では表現できない物語を描いた。その物語はクレー自身を形成している物語であり、クレー自身の内面を抽象した表現ともいえる。なかでも、クレーの「新しい天使」は、ベンヤミンによって購入され、彼の死まで付き添う。ベンヤミンはこの作品に過去の破局と未来の希望を読み取った。優れた表現には必ず相対する何かが描かれており、それは能面のように観るものによって変化する。確かに、ロスコの色面に明るい希望も暗い絶望をも見てとれるかもしれない。だが、それをギリシャ悲劇にまで演繹するのは無理があると思う。何もない空間に人は様々なものを思い描くだろう。だが、それは作品が根拠でなく、鑑賞者の思惑が投影されているだけだ。

得てして画家は自らの作品を解説するとき、後付けの理屈を語ってしまいがちだ。わたしは個展などでの作家自身の作品解説を疑うようにしている。彼らは、言葉で表現できないことを、作品にぶつけている事実を忘れている。だから、解説を求められると、ついつい借り物の言葉を自分のものであるように使ってしまう。とくに作品のタイトル付けに、そのことを感じる。出来上がった作品を眺めて、作家ではなく鑑賞者として名付けていると感じられるタイトルが余りに多いのではないか。ポロックは自作にタイトルはつけなかったという。だが、マーケットがタイトルを欲しがるのだ。同時に意味をも要求する。「あなたは何故、この作品を描いたのか？　この作品は何を意味しているのか？」。

この答えは作品にしかなく、鑑賞するあなたが作品の中を探るしかない。

ロスコはカリフォルニア美術学校で教えていた際に「絵画に関する独自の哲学を考案する」ことが大事だと語った。だが、１９５４年には、シカゴ美術館に展示された自分の作品に一言述べてほしいと依頼されると「考えをまとめ始めた時から、問題は何を言うべきかではなく、私に訪れることは何かであるということが次第にはっきりしてきた」と語る。最後に、ロスコは自分にいえることは何もないと気づき、作品の理論的根拠を示すことを拒否する。「作品の中に自分が見つかるとそれで作品は仕上がったと気づく」※とも語ったが、のちに「私は絵の中に自分を表現することはない」と述べるようにもなってしまう。まさに、表現者なる主体が崩れ、言葉に追い回され、マーケットに翻弄され、戸惑う過程が見てとれるだろう。一種の分裂症の表れだ。彼の悲劇の一端をここに発見できる。

※ジェイムズ・E・B・ブレズリン／木下哲夫訳『マーク・ロスコ伝記』ブックエンド

ロスコの作品の前に佇むと、わたしは彼がつくり出した色彩空間に取り込まれる歓びを感じる。絵画という色彩芸術だけが持ちうる歓びを味わうことなくして、ロスコを鑑賞する意味はない。確かに、晩年のチャペル作品のように、次第に暗くなっていく彼の色彩に悲劇を感じることは出来るかもしれない。それは、作品の悲劇ではなくロスコという作家の悲劇の表現なのだ。結局は、己の底を見つめることしかできなかった画家の悲劇。自らの奥底を見つめる度にその深度を深めて暗くなっていった。だが、そんな危険を冒してまで、彼が色彩の中に新たな力を見出そうとしたことはいうまでもない。ロスコが手に入れたもの、それは色彩という神話だった。ギリシャや北欧などのあの神話の力ではない。あえていえば、ロスコなる芸術家だけが持ちえた神話なのだ。

色彩の力を見つけようとしたロスコという神話と狂気。それは、裡なるものを探り続けることの悲劇を伴っていた。何に頼ることもできず、作品という危ういキャンバスに身を委ねた悲劇、ロスコの場合、鬱と大動脈瘤という病気が追い討ちをかけ、心の裡へと落ち込んでいく自己を救うことはできなかった。

アイスランドの調査によると、作家の四人に一人が鬱や分裂症に陥る、と報告している。ただし、ゴッホが良い例だが、作家が狂っても、作品が狂うことは決してない。

反して、抽象をめざしたモンドリアンの作品や枯山水の庭園は、狂気へ向かうどころか、沈静へと落ち着いていく。悟りにさえ近づく。確かに、自己探究という内側の作業を、モンドリアンにも禅庭にも感じられない。試行錯誤はあるだろうが、迷いを見受けられない。それは、何故か？　モンドリアンの生涯から考察してみる。

◇モンドリアンの三都物語

ピエト・モンドリアンは１８７２年、オランダの厳格なピューリタンである小学校校長の家庭に生まれた。画家である叔父や父のもとで絵を学び、美術学校を選び、堅実に美術の教員免許を取得して風景画を中心に描き続ける。彼の画風はまさに時代と共に歩んできた。印象派、新印象派、フォーヴィズム、オランダ色光主義など次々と技法を吸収しながら、1912年、故郷オランダからキュビズムが台頭してきたパリに赴き、ピカソ、レジェたち前衛の洗礼を受ける。その後、ブラックの徴兵によりピカソらがキュビズムを離れたのちも、モンドリアンは生涯、キュビズム、純粋抽象の道を貫いた。

ピカソは後にキュビズムについて次のように語っている。

多くの人は、キュビズムが過渡期の芸術、究極の結果をもたらすはずの実験台であると考えている。そのように考える人々は理解していないのである。キュビズムは種子でも胎児でもなく、フォルムを扱っている芸術であり、フォルムはひとたび実現されると、それは存在し、自らの生命を生きるものである。

※ピーター・ゲイ／岡田岑雄訳『芸術を生みだすもの』ミネルヴァ書房

キュビズムとしてのフォルムは実現されている、とピカソはいう。フォルムとして実現された証拠は、ピカソとブラックの作品に相違を見て取れないことからもわかる。二人ともにこれ以上追求すべきことはないと思ったのだろう。だから、ピカソもブラックも、次の新たなフォルムへと移行する。だが、モンドリアンはキュビズムが目指した理想＝抽象は完成されていないと考えた。だから、独自の純粋抽象を探る道を突き進むのである。これは、敢えていえば、手で考えるピカソと頭で考えるモンドリアンの相違といえるだろう。モンドリアンには理想があった。それ故にか、これほど迷いもなく脇目も振らず、絵画史のように一直線に王道を歩んだ画家をわたしは知らない。どこか修行僧の影さえ感じるのは、彼の厳格な宗教的環境ゆえだろうか。だからか、彼も、妹も、生涯独身で過ごしたという。だが、真面目一筋のような人生だったかと思うと、女優のメイ・ウェストがお気に入りで、ダンスを趣味に持ち、ニューヨークのダンスホールには足繁く通ったらしい。彼の作品の中でも最も楽しげな「ヴィクトリー・ブギウギ」の制作中に亡くなったことを見ても、彼の人生がハッピーエンディングだったのだろうと推察するのだが、どうだろう。不幸な画家は山ほどいるが、幸福な画家は余りに少ない。

　モンドリアンが抽象絵画を追求したステップは、彼の居住した土地によって大きく三つの時期に分けられる。第一期は、具象から抽象へ移行した「オランダ期」。青年期より様々な様式を試みながら、絵画とは、抽象とは何かを探究した時期だった。この時期の代表作の一つが「しょうが壺のある静物Ⅱ」であり、この作品においてピカソとブラックが始めたキュビズムをモンドリアン流に描いたといって良いと思う。この時期の注目すべき転換点は、モンドリアンが同人となり、画家フォン・デ・ルックや哲学者スヘン・メーケルス博士らを加えた同人誌「デ・スティル」が１９１７年に創刊されたことだ。この雑誌において、モンドリアンも寄稿し、自身の抽象絵画の理論構築が成された。ここで固められた理論は、生涯にわたってモンドリアンの精神的支柱となったと思われる。この同人誌発刊を機に、１９１７年以降、それまでの自然をスケッチしたものを具象化、抽象化するという絵画手法と訣別し、線と面と色彩からだけで発想された純粋抽象を目標に制作されることになる。

わたしが京都で出会った作品「プラスとマイナスのための習作」は「オランダ期」の完成形の一つだといえよう。パリにいたモンドリアンは父危篤の知らせを受け帰郷したが、戦争のためパリに戻れずオランダに閉じ込められてしまった。その間、たくさんのスケッチを描いた。とくに海岸でのスケッチをもとに抽象化を試みた１９１５年の作品「コンポジション No.10. 埠頭と大洋」は彼独自の抽象技法を見つけた記念すべき作品であり、京都で出会った作品はそのヴァリアントといえる。モンドリアンたち「デ・スティル」グループが目指した完全抽象への転換を示す作品でもあった。グループは独自のキュビズム理論に従い、筆のタッチや絵の具のマチエールに頼ることなく「直線と直角、三原色、白と黒とグレーという三無彩色」という絵画の基本要素だけによって作品は構成されるべきと主張していた。のちにモンドリアンはその方法論をさらに発展させ、ネオ・プラスティズムなるものを標榜し「事物の自然な成り行きを抽象し、さらに宇宙の均衡を表現する」とまでいうことになる。この時期には、もはやキュビズムとも袂をわかっていた。彼はいう「次第に私はキュビズムが自ら発見したことの論理的結果を受け入れていないことが分かって来た。それは抽象をその最終目標、即ち純粋なリアリティの表現にまで展開させてはいなかった[※]」。

※ピーター・ゲイ／岡田岑雄訳『芸術を生みだすもの』ミネルヴァ書房

このモンドリアンの発言と先述したピカソの発言を比較すると、その後の両者の生き方を示しており、たいへん面白い。抽象をひたすら突き詰めた修行僧のようなモンドリアン、あくまで画家としての意味は描くこと、つまりはフォルムと色彩の追求にあるとした実践派としてのピカソ、彼らの作品数からもこの違いは比較できる。

モンドリアンの精神性とは何だったのだろう。何を目指したのだろう。わたしはどんな絵画理論にも十分に納得できる論拠を感じたことはない。そもそも理論とはあくまで言葉での表現であるため、絵画という視覚表現を決して満足させることはできないと考える。結果、美術評論においても、信頼できるのは鑑賞者の見方・感性を訴える印象批評だと信じている。モンドリアンにとってデ・スティルでの理論は、あくまでルールだと受け止めていた。例えば、彼の信仰がそうなのだが、一旦認めたルールを疑うことなく引き受ける精神的地盤がモンドリアンには備わっていたに違いない。これは、後に語るが、人間が本来持っている遊戯性とも深く関わっている。

デ・スティルの同人の間では、現代から見てもかなり先鋭的な理論構築がなされたようだが、そこにはロシアの前衛理論が大きく関わっていたと思われる。

当時、ロシアではマーレヴィッチが中心となり二月革命、十月革命とともに抽象絵画の運動が大きく花開いていた。とくにアナキズムと抽象画との関係は無視できないはずだ。しかし、激化する権力闘争に見切りをつけた一部アーティストたちがロシアを離れ、ドイツのバウハウスやオランダの地に逃れ、モンドリアンたちと手を組んで、極北で生まれた芸術論をさらに発展させていった。革命、動乱、大戦の戦火に煽られるようにヨーロッパ全土で新たな芸術、とくに抽象画が多様な傑作を誕生させた時代だった。「資本論」「共産党宣言」など、言葉に時代が踊らされた時代でもあった。戦争に背を押されるように、オランダ、パリ、ロンドン、ニューヨークと住まいを移さざるを得なかったモンドリアン。混乱する現代よりも、未来への憧れ、未来のための芸術をめざしたことは、彼が生きた時代を考えるなら当然の帰結だったのだろう。

次のステップは１９１９年からパリに移り住んだ「パリ期」、戦争を避けてパリを引き払う１９３８年まで、モンドリアンは純粋抽象をさらに探究した。モンドリアンの代表作でもある赤黄青の三原色と黒線を使った作品群はこの時期に描かれたものだ。

既にオランダ期の末期、純粋抽象を模索してモンドリアンは新たな試みをしていた。友人である画家のバルト・フォン・デル・レックによる作品である、色タイルを並べ貼り付けたような通称壁画様式のアイデアを発展させて、色面だけで構成した作品を描いていた。今日のミニマリズムに通じるような画風であるが、わたしには動かされるものを感じない作品だった。しかし、モンドリアンはこれをパリ時代に大きく発展させていく。淡い色面は明快な三原色にとって変わり、黒く太い線が画面を縦横に区切るようになっていった。次第に、間と省略を大胆に駆使して、昇華された均衡と静寂、さらには理知的な律動に溢れていく。先に枯山水の抽象化の過程として紹介した破墨山水画の表現と重なることがおもしろい。「われわれは線と純粋な色彩との純粋な関係に基礎を置く新しい美学を要求する」と彼は書いている。

モンドリアンは、作品から奥行きを完全に捨てる。そもそも、モンドリアンの作品は引き算で成り立っているといって良い。できる限り、余分なものを省略し、最小の要素で最大の効果を得ることを旨としている。その結果、平面を意識しながら、三原色プラス白黒で構成することにより、これまでにない新たな抽象画の地平を生んだ。そして後に、黄色の帯をベースにブロードウェイブギウギが描かれた「ニューヨーク期」へ至る。

わたしは、モンドリアンが純粋抽象の道を選んだ際、遊びの要素、つまり遊戯性を作品に取り入れたと考えている。それは意図してではなく、もとより彼には、絵を描くこと自体に遊戯性が備わっていたのだろう。好きと遊びはつねに一体としてある。

同人のバルト・フォン・デル・レックやテオ・フォン・ドゥスブルクたちの作品とモンドリアンとの違いは遊戯性であり、遊戯が持つ規則と自由、さらには楽しさ歓びを、自分の表現に加えることで多様なリズムが生まれたと思っている。彼らと歩調を同じくした作品群は、理論に忠実になる余り、ただ色タイルを貼り付けたような構成だった。それでは、表現が行き詰まるのは目に見えていた。

抽象画の難しさは、自由であるゆえに、自由を表すために規則(ルール)＝制限を課すことが求められる。その規則をどのように扱えば良いかが重要なのだ。規則は、ポロックのドロッピンクなどのような絵画の技術だったりもした。技法、制限がなければ自由は生まれない。モンドリアンが規則(ルール)＝制限として見つけたのは、デ・スティルで構築した抽象理論であり、そのルールに基づいて、遊びの可能性を展開させた。その結果、友人のファン・ドゥスブルグが対角線を使うという規則破りをしたことで、モンドリアンはデ・スティルのグループから脱退している。それほど、モンドリアンにとって規則(ルール)は、神のように絶対であった。その後、己に課した規則(ルール)の核となるものが、時代によって変化する。パリ期では太い黒罫であり、ニューヨーク期では黄色の帯であった。黒と黄色の帯がなくしては、あれだけ自由な表現はできなかっただろう。事実、１９３３年以降の作品は、三原色はわずかな色面しか表現されておらず、ほとんど黒罫と白地だけで構成されている。つまり、間や空間によってキャンバス内から外部への拡張を感じさせることができるのだ。

◇モンドリアンとホモルーデンス

モンドリアンが誕生した同じオランダの同い年に、遊戯する人間という意味の「ホモ・ルーデンス」を書いたヨハン・ホイジンガも生まれている。『ホモ・ルーデンス』が出版された年から考えて、モンドリアンがこの書物から直接影響を受けたと断言はできない。だが、ホイジンガにこの書物を執筆させた時代背景があったのではないか？　同じ文化的状況をモンドリアンも共有していたのではないか、と思いたい。

両者が共有した精神的地盤は、フリードリヒ・ヘレーベルの影響である。フレーベルは十九世紀初頭に活躍したドイツの教育者であり、幼児教育の祖とされている。幼稚園を創始して、幼児教育システムを開発するとともに、それにともなう教育玩具もつくった。彼の幼児教育メソッドは当時の欧州に瞬く間に広がり、モンドリアンはもちろん、フランク・ロイド・ライトをはじめ、クレーやカンディンスキーやル・コルビジェなど、様々な分野に影響を及ぼした。わたしは、成長にとって遊びの重要性に注目したフレーベルの影響がホイジンガにも及んでないはずはない、と考える。

わたしも幼少期に、初めて触れたフレーベルの玩具、とくに鮮やかな原色に塗られた様々な形状をした組み板を見た時の胸の高鳴りを覚えている。四角い枠型に収まった原色の木片は崩すことがもったいないほど美しかった。とくに積み木や組み板が果たした創造性の育成は、語りきれないほど重要だったと思う。現代では、玩具「レゴ」にその精神は受け継がれている。

フレーベルの教育理念とその絵画への影響は岡崎乾二郎の『抽象の力』に詳しい。岡崎は、彼の教育理念の核心には、遊びという部分的な身体行為を通して、社会全体へ広がる体験を身につける大切さがあったと書いている。

> 視覚や触覚が感覚できるのは、最終的には具体的な経験として直感される大きな秩序の一部でしかない。フレーベルは、たとえそれが部分的な知覚であるにせよ、その部分が必ずより大きな全体の秩序に連なっていくという、プロセスの確実性＝リアリティこそが具体的に触知されること、把握されることを示そうとしたのである。――中略―― フレーベルのいう『部分的全体』こそ、フレーベルによって示された抽象の本質だった。
>
> ※岡崎乾二郎『抽象の力—現代芸術の解析』亜紀書房

優れた抽象作品は、モンドリアンを例に出すまでもなく、部分が全体を想像させ、収斂しながらも拡張するものを含んでいる。これは、相対するものを、相対するもののそのものとして表現しようと試みているからだ。相対する世界そのものとは、名付けえぬ世界のことである。部分が全体を表すとは、芸術作品が一種のフラクタル構造をとることで成り立っていることを意味している。繰り返すこと、遠ざかることで近づくこと、それは空間と時間をともに表現するための鉄則であり、カフカ、ベケット、ブランショ、ポロックやロスコら作家画家の共通点ともいえる。

ともあれ、フレーベルの教育理念、具体的には彼の教育玩具が、モンドリアンの三原色によるコンポジション作品群に影響を与えたことは疑いようがないだろう。パリ期のコンポジションを眺めていると、赤黄青の板切れを色々に並べ替えるモンドリアンの指先を想像してしまう。とくに、この期の作品は「部分的全体」の見本ともいうべき表現が大半を占める。ここでいう全体とは、正確にいえば決して全体ではなく、全体を志向した拡張性ともいうべきものだろう。全体なる言葉は部分の反対語として成り立っているが、わたしたちは全体なる概念を具体化はできない。世界や宇宙という概念さえ、決して全体を示してはいないからだ。故に、ここでは拡張性と表現したい。

この拡張性こそ、アートにおいても、文学においても、普遍性への探究に繋がり、新たな世界観の創造にまで結びつく。禅庭の表現においては、仏教が追求する色即是空へと辿れるのではないか、とも思う。鑑賞者である庭を眺める者と、庭という閉じられた世界が一体になることで、空なる全体を体感できる。その醍醐味を、禅庭に感じる。

持田季未子の著書『絵画の思考』※によると、モンドリアンは、彼の白を多用した作品が、アトリエの白壁へ拡張していく一体感を重要視していたという。白壁に掲げた作品に対峙することで、白壁という外部へ拡張するよう、作品に対して、全体的部分としての絵画を意識していたのだ。

※持田季未子著『絵画の思考』岩波書店

余談だが、この時代の二つの大戦は、子供たちの戦争ごっこという遊戯と全体＝部分の関係を持っているように思える。ホイジンガがいうように遊戯が、歴史や文化、戦争を起こす大きな要因となった一つの例だろう。全体主義は独裁者を生み、独裁者は国家や政治を遊戯のように扱う。遊戯のように扱えなければ、何百万人もの生命を奪ってしまう戦争など始めることはできない。軍人、政治家たちは、人殺しという事実を戦争ゲームとして誤魔化し抽象化してはいないか。今日、プーチンを見ていると、つくづくそう思える。あの独裁者が、まるで叱られた子供のような顔つきをしている時がある。このことは、子供の遊戯を疎かにできない根拠でもあるし、小説『蝿の王』を引き合いに出すまでもなく、戦争ごっこが大戦の火種ともなる可能性を秘め、それが男児一般が好む遊戯であることも納得できる。女性の遊びであるままごとと比較すると、面白い。つまり、歴史的な、日常的な、出来事を抽象化、概念化したものがごっこなのかもしれない。ごっこが歴史的な出来事を生むことも多々あるのだろう。

※遊びにはオニはいるが善悪はない。とすると、倫理は一つのルールでしかなく、レヴィ＝ストロースが近親相関をもって示したように、善悪はわたしたちの共同幻想でしかないのか、と疑う。

確かなことは、遊びと抽象化は切っても切れない関係なのだ。お絵描き遊びが、絵画そのものの存在理由となっていることを、わたしはサイ・トゥオンブリーの作品に観てとる。彼の創作には、絵を描くという表現の始源を探ろうとする意思を感じる。それは近代における絵画すべてに思うことだが、その根底には「芸術とは何か?」「表現とは何か?」という共通の疑問が含まれているからだろう。絵を描きたいと思う瞬間は、感情の始源であり、人間であることの根底に直結しているのかもしれない。クレーが絵画で探求しているのも同様な目的だと思う。

ホイジンガは遊びに宗教儀式との共通性を見出し、遊びが霊的なものへ結びつくと考えていた。モンドリアンも同様に、純粋抽象が目指すものとして高い霊的な表現を考えていた。彼のスケッチブックに、横線は女性的であり物質的、縦線は男性的であり霊的だと書いたメモが見つかっている。モンドリアンは同時代の作家たち、ビアズリーやムンクなどの絵画において女性的原理が優位を占めているが、男性的原理を表現した抽象画によって芸術全体の均衡を保つことができるとも考えていたようだ。現代においては納得のいかない理屈ではあるが、彼の抽象画が霊的な高みを目指したことは間違いない。

ただ明確にいえることとは、フレーベルの影響を受けたモンドリアンにも、クレーにも、彼らの創作には子供に帰って遊ぶ楽しさが見受けられる。お絵描きしていた頃の、あの夢中な様子が窺える。そのことは、ピカソやモーツァルト、アインシュタインなど、天才と呼ばれる才能に感じる天賦の素質なのかもしれない。天才と児戯性は裏表なのだ。彼らが嬉々として絵を描き、演奏し、数式を解く様子が眼に浮かぶ。ロスコへ振り返ると、彼の作品に、そんな少年回帰した感性を感じることはない。それは、彼の才能を疑うことではなく、彼に遊ぶ余裕がなかったのだ。それは、恐らく目まぐるしく移り変わるアート市場に一因があったのだろうと推察する。

皮肉にも、当時、アメリカの資本市場において、遊びは最も重要なマーケットとなっていた。遊びによる幼児性さえもてはやされる。ディズニーが牽引し、マーベルコミックが普遍する。ポップアートが市場を席巻し、作品が資本のもとで再生産を繰り返すようになっていく。そんな遊びの市場が、賑わいが、あのシーグラムとのトラブルを含めて、ロスコを追いつめて行ったことは余りに悲しい。遅ればせながら、再びコミックが勢いを増しているわが国のアート市場を、どのように評価すれば良いのか。果たして、二番煎じ、三番煎じ以上の価値はあるのか。

ホイジンガに話を戻すと、フレーベルの影響が彼にも及んだと考えて間違いない。幼児期に味わった遊びの楽しさ大切さが「ホモ・ルーデンス」を生んだのだと考えても良い。ホイジンガは「ホモ・ルーデンス」の巻末で次のように書いた。

人間的思考が、精神のあらゆる価値を見渡し、自らの能力の輝かしさをためしてみると、必ずや常に、真面目な判断の底になお問題が残されているのを見いだす。どんなに決定的判断を述べても、自分の意識の底では完全に結論づけられはしないことがわかっている。この判断の揺らぎ出す限界点において、絶対的真面目さの信念は破れ去る。古くからの「すべては空なり」に代わって、おそらく少し積極的な響きをもつ「すべては遊びなり」がのし上がろうと構えている。これは安っぽい比喩で、ただ精神の無力を思わせるかのようだ。しかし、これこそプラトンが人間は神の玩具であると名づけた時に達しえた知恵なのだ。

※里見元一郎訳『ホイジンガ選集1「ホモ・ルーデンス」』河出書房新社

ホイジンガがいう「すべては遊びなり、人間は神の玩具なり」との諦念ともつかぬ一種のペシミズムは、信仰と近代の狭間に生きる人間たちの素直な感想ではなかったか。判断が揺らぎ出す限界点とは、信仰や科学の限界点であり、言葉の限界点、ひいては人間の限界点ではなかったのか。この限界点を感じたからこそ、モンドリアンは抽象という究極の遊びにしがみつき、「事物の自然な成り行きを抽象し、さらに宇宙の均衡を表現する」とまで強がったものいいをした。その表現の裏には、このような深い諦念がちらついていたのかもしれない。そして、遊びの極みともいうべき抽象画に一途な思いを注いだのだと思う。ホイジンガ、モンドリアンに共通していえるのは、一次大戦という文明の崩壊、人間であることの価値の崩壊を目の当たりにした二人の体験を見て取れる。映画「第三の男」でオーソン・ウェルズが吐き捨てるようにいった「スイスの平和な三百年は鳩時計しか生まなかったが、メジチ家の圧政はミケランジェロやダヴィンチの傑作を造った」とは歴史の皮肉だが、歴史の真実でもある。事実、第一次大戦を挟んで絵画史はキュビズムという大きな変革期を迎えていた。まさに動乱の渦中ともいうべきこの時代に、アート、文学、科学に至るまで様々な成果を花開かせたのだ。混乱こそがルールとしての遊戯を求めた。それだけに独自の抽象を創造しようとしたモンドリアンの決心を作品に感じることができる。

モンドリアンとホイジンガが過ごした時代から、また一つの大戦を挟んだ現代、この諦念の深さ、人心の暗部はさらに濃さを増していく。その影に捉えられた抽象画家が、ポロックであり、ロスコだった。

先日、アメリカの著名なコレクターであったペギー・グッゲンハイムのドキュメンタリーを観る機会を得た。彼女の画廊で催されたロスコの作品を観るモンドリアンが記録されていた。ペギーに感想を求められると「貴女のギャラリーで催したすべての展覧会で、最も衝撃的な作品だ」と語っていた。映し出された誠実そのものというべき彼の横顔が印象的だった。自分とは対極にあるロスコの作品に、自分にはないものを観たはずだった。それとも、純粋抽象について試行錯誤していたオランダの時代を思い起こしていたのかもしれない。

モンドリアンの作品は、吉本隆明が指摘する話体、指示表出と重なる。対して、文学体、自己表出とはロスコの抽象画だといって良い。話体、指示体が生みだす物語とは遊びであり、例えば、かくれんぼ、鬼ごっこなどで遊ぶ子供たちはそこに物語を読み取っている。話体を選択することで、物語というフィールドを与えられる。文学体のように、自己なる暗い井戸を覗き込まなくてすむのだ。自己の裡から世界を見るのではなく、物語なる遊び、遊びなる物語を通して新しい世界に思いを馳せることができる。誰もが、遊びに夢中になると我を忘れるのは常だろう。我に固執しては遊びに入り込むことはできない。

モンドリアンの晩年、ニューヨーク期の作品はより遊戯性を増すことになる。彼の創作は、趣味であるダンスのステップに関係づけられる。モンドリアンは書く。「古いダンス（ワルツなど）の曲線は直線に道をゆずり、すべての運動は、突如として反対運動―バランスを求めるしるし―によって中和せしめられる」。彼にとって感情的な曲線が理性的な直線となってバランスを保つとは、ブロードウェイ・ブギウギなどの作品のモチーフそのものだし、ダンスというリズムと直線、その遊戯性が取り入れられた。もちろん、合わせてマンハッタンの碁盤の目の区割りが作品のモチーフに影響していないとは誰も思わないだろう。モンドリアンは、この頃にはすっかりと大家になって、市場に、時代に素直に反応している。抽象というフィールドを自由気ままにステップを踏んでいるようだった。彼のアトリエには黄色いテープを何本も貼り付けたキャンバスが並んでいたという。モンドリアンは、日々、そのテープの帯を移動させて均衡を図っていた。彼が納得するまで繰り返し移動し、それは何年もかかってしまうこともあった。

彼の潔癖症、あるいは完璧症ともいうべき性格は、アトリエの家具や道具の配置にも見られたと聞く。「彼のアトリエの人工的なたたずまいでは、彼が求めていた飾り付け全体の『均衡』を乱すといけないから灰皿やテーブルセットの配置を変える訳にはいかなかった」と彼の友人は語っている。規則（ルール）＝均衡は絶対であり、そこを守りさえすれば、後は何をしても自由なのだ。

ホイジンガが遊びを定義するとき、文化から遊びが生まれたのではなく、遊びから芸術を含めた文化が誕生したのだと指摘する。また、遊びとは虚構であって実利を伴わず、真や善とは縁はなくとも、美とは深く関係しており、何よりも規則が絶対であって、規則を守る限りは、遊びは限りなく自由なのだ、とも書いている。まさに遊びは、モンドリアンの絵画の基本と結び付いている。

モンドリアンとロスコの違いに、もう一つ肉体的体幹の違いを付け加えたい。ダンス好きのモンドリアンには、健全な肉体的自覚が備わっていたと推察する。健康でなければ、均衡を的確に判断し得ないのだ。均衡ほど肉体的健全に結びついた感覚はないだろう。自分のことになるが、わたしが歳をとり最初に感じる衰えは、バランス感覚だった。バランス感覚は現在（いま）／此処（ここ）という存在意識までに及ぶ。現在（いま）／此処（ここ）という感覚が健全に備わっているならば、表現が肉体に結びつくことで、自己＝主体の保持を可能とし、分裂症になることを免れる。

もう一度、枯山水の庭に思いを重ねよう。禅の庭は、我を捨てるために眺めるものだ。臨済録にいう「仏に逢うては仏を殺せ」とはモノ、言葉への執着を捨てろといっている。言葉でなく、思想ではなく、禅という規則（ルール）＝遊びを、仏教に持ち込んだ禅僧たちの大胆さには感心する。規則（ルール）があるからこそ自由を得られる。そのルールとしての禅が、茶道や仏画、俳句から武士道にまで、様々な「道」に広く影響したことを十分に納得できる。

枯山水の庭が、自然から離れ、岩や白砂によって構成されていることにも注目したい。モンドリアンも極端に自然を嫌ったという。人工的な都市ニューヨークを、パリよりも好んだ。その理由が、パリには並木が植った大通りがあるからという。とてもロマンチックな都市だから嫌いだと発言している。ニューヨークは直線に満ち溢れ、つねに同じ表情を見せ、人工の落ち着きを感じたのだろう。アトリエに、つねに白い造花が飾ってあったという。そのことは、枯山水に通じる。生きた花や落葉に心を乱されない、抽象化された庭、それが禅の庭なのだ。回遊式庭園には決して見られない直線が禅庭には持ち込まれている。モンドリアンが好んだ直線は、理性的であり、まさに抽象的表現の極みなのだ。モンドリアンは次のようにもいう。

「われわれの道は、生命のさまざまな反対物を同等にすることの探求へとみちびく。一切の実利的な限界から自由であるがゆえに、造形芸術は、人間の進歩と平行に動かなければならないばかりでなく、むしろそれに先立ってすすまなければならない。現実の明晰なヴィジョンを表現するのが、芸術の仕事である」※。この「現実の明晰なヴィジョンの探求」とは彼がつねに唱えている純粋抽象の目標だが、それは禅に通じる姿勢でもある。仏教でいう空であり、すべてが等価な世界であり、利己的な自我を拭い去った自由を手に入れることを意味していると考える。

※ハンス・L・C・ヤッフェ／乾由明訳『モンドリアン』美術出版社

抽象画とは、言葉を使わず、できる限り簡潔に世界を受け止める手法だといって良い。絵画を構成する要素が少ければ少ないほど、それらの関係は明確になり、強靭となり、把握しやすくなる。石庭も、モンドリアンの作品も、それ故に表現は要素の簡素化を極める方向へ向く。

事物の表現は関係の純粋な表現となる、とモンドリアンは「デ・スティル」に書いている。関係の抽象が、彼のいう明晰なヴィジョンの探求ともなるのだろう。

関係の探究については、次のようにも書いている。関係を明確にしないと、均衡をとることはできない。均衡をとることが、純粋抽象の最終目的であるとも断言している。逆に、均衡を示すことは、関係を表現することにも繋がる。評論家ピーター・ゲイは、関係と均衡について次のように述べている。

関係に専ら関心を集中し、その一方で関係をつくり出し、芸術と人生におけるその均衡を求めるということが、今日のすぐれた仕事であり、それが未来を準備することになる。

※ピーター・ゲイ／岡田夆雄訳『芸術を生みだすもの』ミネルヴァ書房

モンドリアンにとって、関係の純粋な表現とは、新たな均衡の発見でもあった。彼にとって絵を描くことは、不均衡を拒む体幹を、絵画制作を通して発見することでもあったと思われる。そこで見つけた均衡は美につながり、新しい均衡の発見は新しい美の発見でもあり、理性的、男性的な優位性、それらの世界での在り方を示唆する。新たな体幹、新たな均衡の発見があれば、決して心の裡を探る狂気に至ることはないだろう。不均衡が混沌を生みだす原因でもあるからだ。絵画表現に、彼ほどバランスにこだわった画家はいなかった。持田は均衡について次のように指摘する。

造形芸術によって均衡をあきらかにすることは、人間性にとってきわめて重要である。それは、人間の生命が均衡にもとづいていることを——たとえ時間に制約され、不均衡をまぬがれ得ないとしても——あらわしているし、また均衡が、われわれにおいて、ますます生き生きとしたものになってくることを、証明している。現実が我われにとって悲劇的であるのは、ただその外見上の不均衡と混乱のためだけである。

※持田季未子著『絵画の思考』岩波書店

◇均衡の多様性は抽象の多様性

ここでいう均衡とはシンメトリーではない。シンメトリーに近づけることでもない。シンメトリーには、直線が仮想であるように、身体的な拡張感はない。あえていえば、時間的、動的なものを感じない。左右対称である平等院や五重塔、イスラム寺院に心地の良い均衡はなく、人工的な対称性を覚える。強いられた均衡、敢えていえば落ち着きのなさを感じてしまう。教会、神殿の多くがシンメトリーであるとは、どういうことなのか。自然と区別をして、かつ人為を感じさせないためなのか。アンモナイトの渦から台風や銀河系を支配している対数曲線は、シンメトリーではないが均衡していると感じる。動的な均衡を覚える。

そもそも、この宇宙は、素粒子のプラスとマイナスの不均衡から生まれ、わたしたちは存在する。エントロピーの落差によって、何らかの過剰、何らかの不足という不均衡が、この世界をつくってもいる。均衡が不均衡を求め、不均衡が均衡を求める力がその一源となっている。そのことは、世界を動かしている過・不足とは、わたしたち人間を動かしている原理原則であり、欲望の原理、進化の原則を支配している。過・不足とは、自然なるエネルギーの根本であるとも考える。

芸術とは、ある過剰、ある不足の表現でもある。

モンドリアンは、その過・不足を探るためシンメトリーではない均衡をさぐり、わたしたちにとって均衡とは何かを問い続けることで、相対する世界を描き続けた。均衡こそが、絵画の一真理だと信じて。

モンドリアンは、同じ作品に対して帯の位置を変えたり、色彩を差し替えたりしながら、時には何年もかけて一つの作品を制作し続けた。それは、均衡とは、日々揺れ動き、人によって個々に違ってくる故にといえる。置かれた状況において、均衡を図る要素がそれぞれに違い、また作家の感性・情態も移り変わるので、一つとして同じ均衡は生まれないはずだ。

わたしの友人の画家佐藤杏子は、毎朝一枚のＡ４用紙に向き合い、線を引き、もしくは面を描いたりなどの作業で一日を始める。抽象絵画のドローイングともいうべき作業なのだが、一日一枚そのように描かれた作品群が、まさに山のように堆く積まれて個展に展示されていたことがあった。そこには意図やモチーフがなく、敢えていえば、シュルレアリズムのオートマティズムに近い作業だと考える。気ままに線を引く、思いつくままに点を打つなど、それは偶然を待つための仕掛けのようなもので、偶然という他者と対話するための方法論でもあるのだろう。各々の描写において、どれだけの新たな出会いがあるのか、未だ見ぬ偶然を引き寄せることができるのか。引き寄せた偶然に対して、作家の関心は新たな均衡の創作へと向かうのではないか。創作においての動的な選択、次にどのような線を引くか、どのような面を描くかは作家が持つ均衡感覚にかかっている。その均衡感覚とは、わたしたちが無意識に行う日常的所作の基点の発見であり、認識の原型であるのかもしれない。或いは、わたしたちの感情や所作における動力・引力の発見ともいえるかもしれない。それは、佐藤にとってＡ４用紙という規制と自由の中で、新しい均衡を見つけるための訓練に違いないとも思えた。その結果生まれた作品の多様性は、目を見張るものがある。

佐藤の作品を眺めていると、わたしが日本人であるからか、書における筆の動きを連想してしまうことがある。わたしたちに染みついた体幹がそうさせるのだろう。筆の勢いやハネのかすれ、さらには全体の動きが書の運筆に似ていることがある。つまりはひらがな、漢字、象形文字のバランスに近いものを、作品に感じるのだ。

漢字そのものがモノの形を抽象化したものであり、漢字をつくったとされる蒼頡（そうけつ）は、鳥獣の足跡を見てどんな鳥獣であるかを推測できたことが、漢字発明の契機だったという。つまり漢字には元々抽象性が含まれており、日本人としてその影響を受けることは避け難い。

対して、ジャクソン・ポロックが日本の書に影響されたという「黒い絵画」シリーズに対して、漢字よりも、曲線を多用したカリグラフやアルファベット文字の運びを連想する。運筆よりも運動に近いものを感じる。漢字のようなモノの抽象性をそこには見て取れない。これは、作家の肉体が記憶している均衡の差異、およびその比較の良い例だろう。つまりは、バランスと一言でいっても、個性や多様性を含み、個々の肉体、個々の環境や地域性、さらには性別の相違さえもが深く関わっているように思う。

例えばリンゴ一個を見ても、そこにリンゴとしての形の安定を維持し、シンメトリーではない均衡がある。おおよその対称性を含みながら、決して同一ではない各々の均衡を感じる。それは、わたしたちがリンゴを線という輪郭で観察しているのではなく、記憶を通して質量から味わいまでの実態で判断しているからかもしれない。多分、一要因として、リンゴにも、見るわたしにも同じ重力が作用していることがある。そのことは、セザンヌが描くリンゴを見ているとつくづく感じる。感じさせる何かに、深く心を揺さぶられる。モンドリアンはその均衡を平面に抽象しようと試みた。その抽象化こそが、彼独自の芸術だと信じていた。

シンメトリーではない均衡、多様な均衡、日本的な均衡、それは禅の庭にも通じる。
禅は中国の五世紀南北朝の時代、廃仏運動により寺院を追われ、山中に逃げ込んだ僧が自然の中、石の上で足を組んだことが始まりとされている。精神的および肉体的均衡を自然の中に感じ取って、その源、その支点となる基点を突き止めようと座ったのだと思う。現在（いま）／此処（ここ）なる現実を受け止め、一瞬、一点から、自然、世界を感じ、禅でいう即今・当初・自己に通づること。この肉体という明快さを基に、自然と関わる在り方、自己対世界、自己の拡張としての世界、世界の一部としての自己、それは非対称であり、非対称という均衡であり、その差異をなくすこと、その探究が禅につながるのだ。その意味でもモンドリアンの作品に近く、石庭もコンポジションも、それぞれ自然の在り様と心の情態を結びつけた何かを表現しており、簡素簡略を極め、それらに対する者は、水が沁みるように五感を染めてくるものを受け止める。ともに色彩は抑えられ、迷いを誘うことのない形と線で表わされている。鑑賞する視線は全体を眺めるように造形されて目移りは少ない。緩やかに揺蕩いながら、緊張感に満ちており、部分から全体を眺めることを強いている構成だ。

見逃していけないのは、均衡には時間の流れに沿った流動感が底流にあることだ。風を感じ、光を浴びる。ゆっくりと流れる時の中で移ろうものに体を預ける。禅庭に対していると落ち着くのは、この揺蕩いであり、揺蕩いながらの均衡だと感じる。これは時間という記憶に結びついていることも要因といえるだろう。だから、均衡は調和とも違う。調和といってしまうと、静的な落ち着きを思う。均衡にはあくまで動的な収斂と拡張、つねに一瞬一瞬の平衡を探る絶え間なきエネルギーが不可欠なのだ。

生物学者の福岡伸一によれば、わたしたちの生は、肉体は、つねに動的平衡の状態にある。人体の細胞は六十日をおよその周期として入れ替わる動的平衡で保たれているという。そんな動的な変化に常に晒されているからこそ、人は自ずから平衡を求める。平衡感覚がある故に変化が許される。空間の平衡とあわせて、動的な時間の平衡があるはずだ。時空あわせた動的平衡の在り方こそが、モンドリアンの作品であり、禅庭の風景ではないか。

わたしたちは日常の均衡を確かめるために、モンドリアンの作品や枯山水の庭を一つの指標とするのだろうか。現代生活における激しいストレスはバランス感覚を崩し、わたしたちに内包された計りの錘を狂わす。心身を均衡状態に置くことで、肉体的、精神的な健康を取り戻せることは確かだろうし、それよりも生活の多様なフェーズにおいて精確な感性の在り方、正しい価値判断を得ることが可能となる。わたしは真善美でさえ相対的な価値だと考える。それらは時代によって大きく変化するし、個々によって異なることは明らかだ。相対であるからこそ、自分なりの確固とした真善美の基準点、揺るぎのない零点を打つために健康な平衡感覚、動的平衡は不可欠だと思う。

わたしたちは、つねに水の溢れた盆を両手に掲げて静々と歩いているようなものなのだ。動きながらの均衡と平静、絶え間のない揺れを吸収できる柔軟さは心身ともに必須なのだろう。

モンドリアンの作品に触れ、龍安寺の石庭を前にした時、気持ちの水面が落ち着き、次第に鏡面のように澄み渡っていく感覚を持てたのは、まさにこの平衡感覚、動的平衡を得られたからであった。

桑原康一郎　1948年　東京生まれ

言葉　物語　小説　ベケット　ブランショ　ロヴェッリから古井由吉へ

2024年9月6日　第1刷発行

著　者　　桑原康一郎

発行人　　大杉　剛

発行所　　株式会社 風詠社
〒553-0001 大阪市福島区海老江5-2-2 大拓ビル5-7階
Tel 06（6136）8657　https://fueisha.com/

発売元　　株式会社 星雲社（共同出版社・流通責任出版社）
〒112-0005 東京都文京区水道1-3-30
Tel 03（3868）3275

印刷・製本　シナノ印刷株式会社

ISBN978-4-434-33754-3 C0095